詩のガイアをもとめて

野村喜和夫
Nomura Kiwao

詩のガイアをもとめて

野村喜和夫

思潮社

目次

装幀＝森本良成

I　プロローグ

バベルの詩学

詩人にとって母国語とは

詩人にとって母国語とは

詩人にとって母国語とは――。なんだか大きなテーマを課せられてしまいました。文学は言語からできており、なかでもそのことをいちばん意識しているのが詩であるとすれば、そしてまたその文学を成り立たせている言語とは、バベル以来それぞれの地域のラングつまり諸国語でしかないとすれば、詩人と母国語との関係は、人間と言語をめぐる何かしらきわめて本質的な部分にふれていることになります。とはいえ、私は一介の詩人にすぎず、学者や批評家のようには包括的な議論を展開できそうにありません。そこで、いくつかの事例を思いつくままに挙げながら、最終的にはやはり自分の場合に即して語るほかないだろうと思っています。私における母国語、それはもちろん日本語ですが、日本語と私とのかかわりを語って、しかしその関係がどれほどの一般性ないしは普遍性をもちうるのか、あるいはたんに奇矯な一例というにすぎないのか、そのあたりの判断は読者のみなさんにお任せしてしまおうというわけです。

飯島耕一の詩「母国語」から

詩人と母国語との関係を考えるときいつも思い出されるのは、現代日本の詩人飯島耕一の、そのものずばり「母国語」と題された詩です。名詩集『ゴヤのファースト・ネームは』（青土社、一九七四）に収められていますが、飯島さんは大変な直観の人で、この詩においても示唆に富んだ言葉と思考をちりばめていますので、まずはそれを手がかりに話をすすめていこうと思います。

母国語

外国に半年いたあいだ
詩を書きたいと
一度も思わなかった
わたしはわたしを忘れて
歩きまわっていた
なぜ詩を書かないのかとたずねられて
わたしはいつも答えることができなかった。

日本に帰って来ると
しばらくして

詩を書かずにいられなくなった
わたしには今
ようやく詩を書かずに歩けた
半年間のことがわかる。
わたしは母国語のなかに
また帰ってきたのだ。

母国語ということばのなかには
母と国と言語がある
母と国と言語から
切れていたと自分に言いきかせた半年間
わたしは傷つくことなく
現実のなかを歩いていた。
わたしには　詩を書く必要は
ほとんどなかった。

四月にパウル・ツェランが
セーヌ川に投身自殺をしたが、

ユダヤ人だったこの詩人のその行為が、
わたしにはわかる気がする。

詩とは悲しいものだ
詩とは国語を正すものだと言われるが
わたしにとってはそうではない
わたしは母国語で日々傷を負う
わたしは毎夜　もう一つの母国語へと
出発しなければならない
それがわたしに詩を書かせ　わたしをなおも存在させる。

パウル・ツェランへの言及

詩「母国語」の前半は外遊中の詩人の心境を語っています。じっさいにはフランス滞在だったようですが、厭世的な楽天家ともいうべき飯島さんにとって、その滞在がいかに幸福であったかを伝えています。うらやましいというか、若干の反発も感じてしまうところで、私も一年間ほどパリに住んだことがありますが、飯島さんとは全く逆に、なぜか詩を書きまくっていました。私の場合、不幸にも（?）日本語はどこまでも私と一緒に旅をして離れることがなく、たとえば向こうで書いた『風の配分』（水声社、一九九九）という詩集のなかに、つぎのような断章がありま す。

49（国語国文学的な身体）

あす、あずき。いおう、いちじく。うど、うなばら。異言語の響きのただなかにあり、自身英語やフランス語を多少は知らないわけでもないのに、口をついで出てくる言葉の、どうしてこうも大和言葉的なものばかりなのだろう。おお、この頑ぜない国語国文学的な身体。かぐら、かし。きらら、きんたま。くき、くらいすと。くらいすと?

この断章については、あとでもまた触れようと思います。飯島さんの詩に戻って、その後半を読むと、パウル・ツェランへの言及が出てきます。二十世紀後半のドイツ語圏最高の詩人と目されるこのツェランの場合は、詩人と母国語との関係の、ひとつの非常に痛ましい、例外的かつ極限的なありようを示す例として、いまでは日本でもよく知られていますが、一九七〇年当時（ツェランがセーヌ川に投身自殺したのは、まさに飯島さんがパリ滞在中の一九七〇年四月でした）に早くもそのことを「わたしにはわかる気がする」と直観していたのは、さすがは飯島さんというところでしょう。「詩とは悲しいものだ」——じっさいツェランは、ユダヤ系としてルーマニアのドイツ語環境に生まれ育ち、やがてあのナチスの強制収容所に肉親を奪われることになります。つまり、憎むべき「敵」に属するものでありながら、かつ、おのれの母語でもあるというような、そういう言語で詩を書かざるをえなかったわけです。[*1]

ともあれこうして、ツェランを経由することによって、詩「母国語」はきわめて意味深いコーダ部分に入ってゆきます。「詩とは国語を正すものだと言われるが」――たしかにそのような通念はあって、とくに西欧近代の始まりのころは、いわゆる国民国家の成長と歩調を合わせるように、民族語の自立や純化と詩人の役割とが深くリンクしていたようです。しかしやがて、近代社会の成熟とともに、詩人と共同体との間には微妙なずれが生じ拡大して、詩人はその距離をアイロニーとして表現してゆくようになります。遅れて日本でも同じようなことになったと思われます。その果てに飯島さんも位置しているのであり、「わたしは母国語で日々傷を負う」とまさにそのずれを傷のメタファーで語りながら、「わたしは毎夜　もう一つの母国語へと／出発しなければならない」という、詩人と母国語との関係をあらわすのにこれ以上の言い方はないというような、すばらしい詩句を得たのです。

ところで、近代日本に、この「もう一つの母国語」への出発を、実に見事に、というかむしろ実にあっけらかんとやってのけた詩人がいました。西脇順三郎です。飯島さんはある時期西脇順三郎に私淑していたようなので、「もう一つの母国語へと／出発しなければならない」と書いたとき、あるいはこの昭和期の大詩人のことが念頭にあったのかもしれません。よく知られていることですが、新潟で生まれ育った西脇は、しかしその詩人としての出発にあたって、日本語で詩を書くことにためらいをおぼえていました。当時の日本の詩といえば依然として花鳥諷詠が主流で、そのウエットさがたまらなく嫌だったらしいのです。じっさい、彼が最初に編んだ詩集は、驚くなかれ、英語で書かれたものでした。イギリス留学中とはいえ、またよほど英語に堪能だったのでしょうけれど、母国語以外の言語で詩を書くなんて、詩人の選択としてはおよそ例外的なことです。そんな彼が日本語でも詩が書けるんだと思えるようになったのは、本人の言によれば萩原朔太郎の『月に吠える』を読んでからで、以後、朔太郎を「マイスター萩原」と呼び慕うようになり、みずからも俄然、日本語での詩作を試みるようになります。[*2] その最初の成果が『Ambarvalia』（椎の木社、一九三三）という詩集ですが、そこには、室生犀星をして驚嘆せしめた「（覆された宝石）のやうな朝」というあまりにも名高い一行をはじめ、それまでの日本語詩にはみられなかったような清新でドライな言語美が立ちあらわれていました。

「我が言語はアルタイの言」――西脇順三郎の日本語

その同じ詩集のなかに、いま述べたこの詩人の母国語に対する特異なスタンスを暗示しているものと思われる、つぎのような面白い詩行があります。

我が言語はドーリアンの語でもないアルタイの言
である、そのまたスタイルは文語体と口語体と
を混じたトリカブトの毒草の如きものである。
学校の作文よ、にげよけれども女はこの毒草を

猪の如く好むことは永遠の習慣である。

「紙芝居 Shylockiade」という劇詩の口上部分にあたるため、ややおどけたような言い方になっていますが、それにしても、語り手を通して詩人はここで、自分の用いる言語を「日本語」と言わずに「アルタイの言」といい、それは「トリカブトの毒草の如きもの」であるから、「学校の作文」つまり教えたり教えられたりしながら育まれる正しい日本語などという代物は逃げた方がよいと嘯いています。まさに「国語を正す」の逆です。詩作を通じてむしろ国語を脱臼させ、毒ある一地方語に変容させようというのです。ただし、「女はこの毒草を／猪の如く好む」――このあたり、西脇一流の諧謔が効いて笑いを誘われますが、言語と女の結びつきは思いのほか重要であって、のちの『旅人かへらず』のあの「幻影の人」や、「そういう秋のイメヂが／夜明けの空に混交するまで／秋分の女神のために／おとぎをしたのである」(「第三の神話」)というような詩句を思い起こさせます。寄る辺ない主体が、この大地あるいはこの宇宙の根源的な女性性に思いを馳せるとき、そこに西脇的な詩作の契機が生まれるのです。

脱線しました。毒ある一地方語――じっさい、西脇順三郎の日本語というのは、ぎくしゃくとしたリズムと翻訳調のシンタックス、および摩訶不思議な固有名のカタカナ表記などをその特徴として持っていて、ある意味ではかなり奇矯です。だがそこにこそ、あらたな詩的言語の産出力がひそんでいるのです。西脇とはあらゆる面において対照的な折口信夫が、しかしその「詩語としての日本語」という特異なエッセイのなかで、日本語詩の未来のために「詩の言葉の持っている国境性」つまり異言語との接触を強調しつつ、上田敏流のこなれすぎた訳文による日本語への異言語の同化を排したのも、このことと無関係ではありません。*3

それはともかく、パウル・ツェランとはちがった意味で、西脇順三郎の例もまた極端すぎたかもしれません。たしかに、大多数の詩人たちは母国語との関係をもっと無媒介的に捉えていて、むしろ自分は母国語の懐深くに抱かれており、そこからその精髄のようなものを引き出そうとしているのだと考えているでしょう。しかしそれでもやはり、詩を書くということは母国語との無媒介的な結びつきにねじれを生じさせ、あるいは亀裂を走らせて、そこから「もう一つの母国語」への旅立ちがはじまることもまた、否定しようのない傾向なのです。それこそは近現代を生きる詩人の運命であり、あるいは同時に、詩人のひそやかな企てであり悦びでもあります。以下はいわばその長い補遺というにすぎませんが、もう一つの母国語への旅立ちを、最初にも予告しておいたように、私自身の個人的な例に即して掘り下げてみたいと思います。

母国語の絶対化

詩を書き始めてもう三十年以上にもなります。大学一年のとき、現代詩の世界、とくに吉増剛造の作品に出会って衝撃を受け引き込まれ、気がついたら自分でも書き始めていました。私にとって日本語で詩を書くことは、それがウエットであろうとドライであろうと、足の下に大地があるのと同じくらい自明なことで、さきほど紹介した西脇順三郎のようなケースがあろうとは夢にも思っていませんでした。そのうえ、大学では日本文学を専攻しましたので、私にとってはもう日本語環境がすべて、いやもっと言ってしまえば、日本語をある種絶対化していたふしがあります。吉増さんも国文科出身だったので、彼にならえという気持ちだったのでしょうが、もう一つ、外国語の成績が極端に悪く、英文科や仏文科への進学を許されなかったという事情もありました。日本語の絶対化は、私の場合半ば破れかぶれの開き直りのようなところがあったわけです。パウル・ツェランが名うての多言語使用者であったこと、西脇順三郎もすでに紹介したように語学の才にたけていたことなどを思うと、なんとも貧しいかぎりですけれど。

しかしこの絶対化ということに関して、思い出される意味深いエピソードがあります。私のことではなくて、アルチュール・ランボーをめぐっての話ですが、この天才少年詩人は、周知のようにわずか二十歳かそこらで詩を書くことをやめてしまうわけですけれど、その時期と前後して猛烈な外国語学習欲に駆られ、英語ドイツ語はもとよりアラビア語にまで勉強の手をひろげようとします。のちに砂漠の商人となるランボーのことですから、何か実利的な目的があったのかもしれませんが、『ランボー論』を著した現代フランスの詩人イヴ・ボンヌフォワは、それ以上に、この語学熱そのものにランボーの沈黙の理由をもとめて、つぎのように書くのです。「詩というものはひとつの国語を絶対視することによってしかつくられぬということを想起しなければならぬし、また、言語をこのように相対的な諸相の下に学ぶという行為の中には詩に対するひそかな否認を見てとらなければならない」(阿部良雄訳)。

詩の条件としての母国語の絶対化、するとそれは飯島さんの言う「もうひとつの母国語」への旅立ちと矛盾してしまうのでしょうか。絶対化と突き放しと、つまるところ母国語をめぐる二つの詩作のスタンスがあるということになるのでしょうか。

「国語国文学的な身体」

いや、必ずしもそうではありません。私なりにこの絶対化ということをもう少し分析してみるなら、それはたぶんシニフィアンへのこだわりだろうと思うのです。シニフィアンをシニフィアン以上のものとして感受し表出することができるというような感覚、まるでしかじかのシニフィアンが自分の身体の一部のように血肉化され、あるいは身体から分泌液かなにかのようににじみ出るものであるというような感覚。そう、あらかじめ引用しておいた私の作品の言葉でいうなら、「国語国文学的な身体」。「あす、あずき」と私が書いたとき、このシニフィアンの連鎖は、私の口からまさによだれか何かのように出てきたのです。

しかしもちろんそんなことはありえません。シニフィアンは私の外、母国語という言語のシステムにおいて、シニフィエと不可分に結びついて差異の網の目のなかに捉えられています。母国語の絶対化というのは、したがって詩人の見果てぬ夢というにすぎず、つまりはそれもまた「もう一つの母国語」への旅立ちにほかならないのです。

母国語という漢語を分解すると、飯島さんの詩にもありましたが、母と国と、ふたつの領土が言語という場で重なり合っています。別に母語という言い方があって、これは人が文字通りに母を通じて最初に習得する言語ということでしょうから、母国語とは微妙なニュアンスの違いがあります。母国語というとコミュニケーション言語として透明でなければいけないが、母語というと母と子のあいだのひそやかな臍帯をのみ保証するものとして、不透明というか詩的というか、そういう雰囲気があるような気がするのです。私にとって詩作とは、あるいは「もう一つの母国語」への旅立ちとは、母語へと母国語を奪還する試み、飯島さん風に言うなら、「母と国と言語」からひそかに「国」を抜き取る試み、ひとまずはそのようにいうことができるのかもしれません。

母性棄却

母国語を絶対化するようにして深く深く掘り下げていったら、母語へと到達する。しかし、どうもそれだけでは済まないようです。私は私の母なる言語の、そのまたもっとも母なる部分に触れようとするのですが、同時にその瞬間に、その母なる部分をおぞましいものとして感受し、思わずそこから飛び去ろうともするのではないでしょうか。そう、精神分析学的にいうなら、いわゆる母性棄却[*5]です。つぎに掲げるのは、私の『草すなわちポエジー』（書肆山田、一九九六）という詩集に収められた「一帯雪余白」という作品です。この詩集自体に、『古事記』や『万葉集』といった日本語の古層になぞらえて詩の生成をシミュレートするという意図がありますが、そのなかで「一帯雪余白」は、ごらんのように、漢字仮名交じり文という日本語独特の表記システムを、漢字と仮名の部分に分離してしまおうという試みです。まるで日本語という身体に暴力的な変更を与え、はるかな古代、漢字と遭遇した母なる日本語の驚きと戸惑いをあばこうとするかのように（もっとも、仮名は漢字からつくられたわけですから、そもそも無理な話ですけれど）。

一帯雪余白

一帯雪余白、
災厄、
廃墟、廃墟、のをに、ひかひか、
生、　のようにまぶして、な、なわたしたち、
生、　まれたての、まれながらに、
黒眼窩、黒登記、　く、くされた、ののわたしたち、
丘上、　のをに、ひかひか、のようにまぶして、
一帯雪余白、　にをくしたのもの、
災厄、　ちくす、えに、の、の、
高層贅沢、束間、　のまま、れにれ、
立尽、夕映壮麗フロント、　ひえひえ、
灰壁、データ壁、　ひかひか、
末了、際崩崩、　あなたへと、さわらびにな、
非廃墟、　なわたしたちはぐ、はがらんどう、
廃墟脱、　だから、ももびわない、
中無人、

　　　　　密言霊飛交、
　端、街臍、またあけぼののの、のの、
　　中空伸、すっくとにびて、
　　　芽、バベル状、黒眼窩、
高層風聴解試束間、　　　　　　　　　　のく、
際崩崩中、　　　　　　にのをみたのもの、れにれ、
生、生、　　　はがらんどう、まれたての、まれながらに、
廃墟、廃墟、　　な、わたしたち、のまま、くされた、
　　　未了、くあなたへといた、
　　　　黒登記、
　　　遠乾、——

　みなさんの感想としては、ひどいテクストを読まされてしまったという感じでしょうか。「廃墟」という言葉が何度か出てきますけれど、作品それ自体がまさに日本語の廃墟のようなたたずまいを呈しています。あるいは、ミルクをずっと放置しておくと、固形部分と液体部分とに分離してしまいますが、世界に誇るべき日本語の漢字仮名交じり文が、無惨にもちょうどそんな状態になってしまったかのようです。なかんずく、仮名は漢字と分離させられて半ば意味を失い、そ

の分猥雑さやノイズ性を帯びながら、下のほうに吹き寄せられたように集まっていますが、そのいわば仮名のゲットーが、日本語に対する私の母性棄却的身振りそのものをあらわしているのかもしれません。

もちろん、いつもこんな詩ばかり書いているわけではありません。ふつうはもっと意味の伝わるような詩も書きますが、しかしいついかなる場合でも、日本語に対するアンビヴァレンツな情動というのは、多少ともあるような気がします。たとえばもう一度「国語国文学的な身体」の引用に戻って、「あす、あずき」から始まるシニフィアンの連鎖は、「くき、くらいすと」で終わっています。「くらいすと」はChristを大和言葉風に表記したものですから、母国語の絶対化が最後の最後になって茶化されているような、つまりここでも母性棄却の身振りがはたらいているというような、そういう仕組みになっています。

パラドックスと反復

これを要するに、「もう一つの母国語」への旅立ちは、私の場合母なる言語の絶対化という道を辿り、その核心つまり母なる言語のそのまた母なる部分ともいうべき内奥をめざして深く入り込んでいったつもりなのですが、気がついたらいつのまにか母なる言語の外へとはじき出されていた。事情はそういうことなのかもしれません。内へ向かったつもりが、外へ出ていたというパラドックス。ちょうど仮定の話で、人がもしブラックホールに吸い込まれても、驚くべき重力場の影響で全く別の時空に出てしまうこともあるというように。しかし日本語の外というのは、母国語以外で詩の書けない私の場合、原理的にありえないわけですから、そこでまた日本語の戸口に立つことになる。詩作とはその繰り返しということになるわけですけれど、この反復がもたらすものが何であるか、それは私自身にも——そしておそらくは母国語自身にも——みえていません。

＊1　パウル・ツェランとドイツ語との関係については、とくに守中高明のすぐれた論考「詩と国境——民族・翻訳・宛先」（『岩波講座・文学4』岩波書店、二〇〇三）を参照することをおすすめします。

＊2『西脇順三郎全集Ⅳ』筑摩書房、一九七一、四五五―四五九ページ。

＊3『折口信夫全集12』中央公論社、一九九六、一三七―一五六ページ。

＊4　いうまでもなく、もともとはソシュール言語学の用語。最近では石田英敬『記号の知／メディアの知』（東京大学出版会、二〇〇三）のなかに意を尽くした説明が見出されますので、少し長くなりますが、それをそのまま引用しておきましょう。「ソシュールによれば、言語記号は、意味する（signifiant）／意味される（signifié）という二つの関係性の面から成り立っている。これが、有名な「シニフィアン」（le signifiant、意味スルモノ、記号表現）と「シニフィエ」（le signifié、意味サレルモノ、記号内容）の区別です。しかし、ここで重要なのは、シニフィアンもシニフィエも、あくまでも記号の二つの面としてのみ存在するのであって、記号の彼方あるいは手前に想定されるようなものとして実体化されて考えられてはならないということなのです。この事態をソシュールは、「言語は形式であって、実体ではない」と言い表します。例えば、日本語で、「木」という単語を音声言語において考えた場合、／ki／という音声と／木／の観念の組み合わせから、この「語」は成り立っていると考えられます。ここで、／ki／という「音声」と言いましたが、厳密にいうと物理的な音のことではなく、物理現象としての音波を人間が子音／k／と母音／i／との組み合わせとして聴き取り、脳の中

で／木／の観念と結びつけているかぎりでの、意味作用の構成単位としての音声のことです。ソシュールは、この音声の側面を「音響イメージ」であるとして、言語記号を構成するシニフィアン（意味スルモノ）と呼びました。シニフィアン／ki／は、音素である子音／k／と母音／i／の組み合わせからなる音図式として、他の音素の組み合わせからなる／ke／や／ka／ku／、あるいは、／si／ni／mi／さらにまたその他あらゆる組み合わせとの対立において自己を定義しています。」私の言う「シニフィアンへのこだわり」とは、したがって、あたかもそれが「記号の彼方あるいは手前」になまなましく実体的に存在しているかのような錯覚、といえるかもしれません。

＊5 母性棄却あるいはアブジェクシオン abjection は、フランスの思想家ジュリア・クリステヴァの用語。「母的本質からの離脱」「母的本質の刻印を消し去ろうとする最も古層にある試み」。その『恐怖の権力〈アブジェクシオン〉試論』（枝川昌雄訳、法政大学出版局、一九八四）のなかで、クリステヴァはこう述べています。「存在が自己の脅威に対して、また、可能なもの、許容し得るもの、思考し得るものから投げ出されて、途方もない外部や内部から来るようにみえるものに対して企てるあの暴力的で得体の知れない反抗が、アブジェクシオンにはある。そこに、ごく近くにありながら、同化し難いもの。それは欲望をそそり、欲望を不安と魅惑に投げ込むが、それでも欲望はいたずらに魅了されるがままにはなっていない。恐怖を覚え、欲望は身をそむける。吐き気を催して、投げ返す。ある絶対的なものが汚辱から欲望を守る。欲望はこの絶対者を誇りに思い、それにしがみつく。しかし同時に、この激情、この痙攣、この高揚はそれでもなお、断罪されてはいるが誘惑的な異域に引き寄せられる。倦むことなく、まるで制御できないブーメランのように、誘引する力と反発する力の対極がそれに取り憑かれた者を文字通り自分の外へ連れ出す。」

II　詩のガイアをもとめて〔近代詩篇〕

朔太郎と賢治と口語自由詩と

「死せる女」の詩学

序

二人の「死せる女」が、日本近代詩、とりわけその口語自由詩の可能性を切りひらいた――と書き出せば、私のような一介の詩人のたわごとにもひとは身を乗り出してくれるであろうか。

1

宮沢賢治と萩原朔太郎。私が書きたいのはこのふたりのこと、とりわけそこに通底する詩という特異で一回的な出来事性についてだ。でも、どうなのだろう、賢治と朔太郎というのは、それこそ水と油のようなもので、批評・研究の分野でもあまり混じり合ってはいないようである。「宮沢賢治研究 annual」の編集委員である平沢信一氏は私の十数年来の知己でもあるが、彼に本稿の構想を話したら、さっそくデータを調べて、賢治と朔太郎とを比較して論じた文献を送ってきてくれた。多謝。けれども、ただでさえ希少なその例、たとえば長野隆の「萩原朔太郎と宮沢賢治――モナドロジーと身体／脱身体」という論文を読んでも[*1]、自然や身体をめぐるふたりの詩人の違いが鮮明になるだけだし、畏敬してやまない天沢退二郎（本稿も氏の示唆によるところが大きい）にしてからが、若い頃から朔太郎は関心の外であったというようなことをどこかで述べていたような気がする。

というわけで、冒頭のような奇態な書き出しになったのだが、もとより、比較研究などという大それた専門的企ては私の手に余る。ただ、ある雑誌に「オルフェウス的主題」というタイトルの長篇評論を連載していて、その途上、このふたりの詩人の作品をあいついで読むという機会があり、そこで気づいたことをここに少し報告することができればと思う。長篇評論との重複は避けられないが、それはお許しいただこう。

2

宮沢賢治と萩原朔太郎。繰り返すが、言語感覚においても想像力の質においても、また主体と自然あるいは世界とのかかわりという面から見ても、このふたりは、およそ似通うところがないとみるのがふつうであろう。ところが、ひとたび口語自由詩の展開というフェーズから眺めてみると、ふたりは奇妙な共通点をみせて重なり合う。それは、ふたりともまず短歌から出発し、ついで口語自由詩に移行してその可能性を独自に存分に追求したのち、やがて文語詩へと回帰的に傾いていったということだ。[*2] 口語自由詩はふたりにとって詩のピークではあるが、けっして永続的なものの絶対的なものではなかった。ある意味では過渡的なもの不安定なものですらあって、にもかかわらず、それが詩のピークにまで高められたのはなぜか。そのように問いをたててみたい。

そしてそこには——いきなりで申し訳ないが——愛する者を亡くして、なおその者とともにありたいというオルフェウス的状況が大きく寄与したのではあるまいか。これが私の見通しである。不在の者に近づくには、作品の制作を通じて以外にはなく、もっと正確に言えば、作品と不在の者とをほとんど同一視するエクリチュールの狂熱を通じて以外にはありえない。オルフェウスのように「言葉の音楽」を繰り出すことができなければ、愛する者とともにあることはできないのである。そこに詩の奇跡も生まれ、また同じくオルフェウスのように、不在は不在であるという最終的な通告に直面することにもなる。

こうしたドラマは、賢治の場合にはすでに追跡されている。なかんずく、あとでもみるが、天沢退二郎がその『宮沢賢治の彼方へ』ほかにおいて、詩人の妹「とし子」を「詩のオリジン」と見立てて、それへの近接と遠ざかりのうちに賢治の口語自由詩の命運をも推し量ろうとしたのは、まさに炯眼というべきであり、私がここでそれにつけ加えるべきことは、実のところあまりない。だが朔太郎の場合はどうか。案外言及されていないようなので、以下にすこし私の見解を述べておこう。

3

萩原朔太郎が、その若き日、エレナと呼びならわしてひそかに想いを寄せていた女性がいたことは、いまではよく知られている。年譜その他を参照すれば、本名を馬場ナカといい、詩人の妹ワカの女学校時代の同級生であった。後年詩人は、丸山薫宛に「僕は十九歳の時に初恋を知り」

云々と書くことになるが、その初恋の相手が馬場ナカという女性であったらしい。エレナというのは、キリスト教に入信した彼女の洗礼名である。

ふたりの関係がどのようなものであったのか、詳らかにしないが、やがてエレナと呼ばれる女性は他家へ嫁いでしまう。馬場ナカは佐藤ナカとなった。しかしその後もふたりの間には恋愛感情が揺曳したようで、つまりあの白秋の姦通事件にも発展しかねないような事態に立ちいたり、それかあらぬか、詩人はついにこの人妻への想いを断念したとおぼしい。そこから生じたのは、一時的にせよ、キリスト教的な罪の意識であり、神への祈りにも似た感情であった。それが彼に、『月に吠える』所収の一連の「浄罪詩篇」を書かせるのであるが、たとえばそこで、

つみとがのしるし天にあらはれ、
ふりつむ雪のうへにあらはれ、[*3]

とか言われても、キリスト教＝ロマン主義的なムード以上のものは感じられないし、イメージとしても、鮮烈にまた不気味にページに定着されている竹や地面その他に比べたら、なんとも喚起力に乏しい。エレナなる女性との交渉は、詩人朔太郎に、結局のところそれほどの詩的果実はもたらさなかったということになる――そう、『月に吠える』を詩人が書き終えたその時点では。

ところが、後世にとってさいわいなことに、それで終わりにはならなかった。私見によれば、このあと彼女は、奇妙なふうに朔太郎の想像的世界に入り込み、棲みついて、詩人の詩作に深い

ところからある不思議な作用を及ぼすようになるのである。

そのためにはしかし、彼女は「死せる女」とならねばならなかった。伝記的事実から確かめると、一九一七年、ちょうど『月に吠える』の刊行された年に、エレナなる女性は、肺結核のために二十八歳の若さでこの世を去っている。これがやはり決定的なモメントだったのではないだろうか。表向きの朔太郎は、『月に吠える』の刊行によって一躍詩壇の寵児となり、私生活においても上田稲子という女性と結婚し、二子をもうける。だがその内面は次第に暗く沈潜し、創作活動にも停滞をきたして、一九一八年春から二一年秋にかけては、詩の発表がほとんど途絶えてしまうのだ。詩論やアフォリズムの執筆にかまけたせいもあるが、それとは別に、やはりエレナの死が思いのほか身にこたえて、それこそいわば、喪の悲しみという情動の強度が発話をブロックしてしまうというような、ある種の絶句ないしは失語状態が、ひそかに詩人を捉えていたのではないだろうか。

しかしこの情動の強度は、同時に、あるいはやがて、まったく別な発話の状態を用意する。それは主として、言葉の意味面よりは音律などのシニフィアン面にはたらきかけて、つねならぬ言語、規矩をはみだしてゆくような言語、要するに詩的言語をもたらすのだ。ひとは恋をしているときにだけ詩人になるのではない。喪にあるときにもまた、詩人になりうるのだ。じっさい、朔太郎においても、一時的な沈黙につづく言葉の音律化のステージが訪れることになるのである。一九二一年秋、朔太郎の詩作はふたたび活発となり、二年後の二三年には、第二詩集『青猫』が刊行される。

『青猫』の印象をざっといえば、『月に吠える』の緊張度の高い、いわば垂直的な詩的エクリチュールが、ゆったりと水平的に流れ出したという感じで、やや冗漫ではあるけれど、その分かえって、音楽的な自在さのほうは豊かさを増した、ということだろうか。なかんずく、『月に吠える』でも兆していた奇妙な音韻的傾向（主としてオノマトペ）が、いっそうの不気味さ不可解さとともに増殖していることが、私にはなにかしら意味深い指標のように思えてならない。それはたとえば、蠅の唸る「ぶむ　ぶむ　ぶむ　ぶむ　ぶむ　ぶむ」であり、蝶の舞う「てふ　てふ　てふ　てふ　てふ　てふ」であり、あるいはさらに、鶏の鳴き声だという「とをてくう、とをるもう、とをるもう」であり、犬の遠吠えだという「のをあある　とをあある　やわあ」である。もっとはっきり言おう。それらは、私には、絶句の反転としての言葉の音律化のもっとも端的なあらわれのように、つまり朔太郎におけるオルフェウス的主題の幕開けを告げる音のように聞こえてならないのである。喪の悲嘆のうちに次第にオルフェウスと化した朔太郎は、エウリュディケである亡きエレナを求めて、それと知らず地獄下りを始めてしまっている。それが『青猫』の隠された意味だ。そうして、オルフェウス＝朔太郎は、いまやいっそう繊細な音楽的資質を発揮しうるようになっている。右に引用した一連の奇怪なオノマトペは、そういうオルフェウス＝朔太郎の竪琴が奏でる、地獄の生き物たちを懐柔するための摩訶不思議な詩的ノイズのようではないか。

というのも、こうした言葉の音律化を背景に、あるいはそれと同期するようにして、いよいよ、「死せる女」が登場するからである。名高い「艶かしい墓場」の全行を引こう。

風は柳を吹いてゐます
どこにこんな薄暗い墓地の景色があるのだらう。
なめくぢは垣根を這ひあがり
みはらしの方から生《なま》あつたかい潮みづがにほつてくる。
どうして貴女《あなた》はここに来たの
やさしい　青ざめた　草のやうにふしぎな影よ
貴女は貝でもない　雉でもない　猫でもない
さうしてさびしげなる亡霊よ
貴女のさまよふからだの影から
まづしい漁村の裏通りで　魚《さかな》のくさつた臭ひがする
その腸《はらわた》は日にとけてどろどろと生臭く
かなしく　せつなく　ほんとにたへがたい哀傷のにほひである。

ああ　この春夜のやうになまぬるく
べにいろのあでやかな着物をきてさまよふひとよ
妹のやうにやさしいひとよ
それは墓場の月でもない　燐でもない　影でもない　真理でもない

さうしてただなんといふ悲しさだらう。
かうして私の生命《いのち》や肉体《からだ》はくさつてゆき
「虚無」のおぼろげな景色のかげで
艶めかしくも　ねばねばとしなだれて居るのですよ。

墓地での逢引が語られているが、相手の女性は「さびしげなる亡霊」というのだから、まぎれもないオルフェウス的な地獄下りの光景である。二人称の存在への呼びかけも『月に吠える』では見られなかった現象であり、エウリュディケとの邂逅を強調しているといえよう。「死せる女」ならば、「つみとがのしるし」などに邪魔されずに、直接にしかも官能的に呼びかけることができるのだ。ただし、呼びかける主体自身も尋常ならざる腐敗の感覚のなかにあり、「ねばねばとしなだれて居る」ところが朔太郎作品らしい。

だが、なおそれ以上のことがある。いわゆる「『青猫』以後」の作品においても「死せる女」はあらわれつづけ、どころか、「浦」という謎めいた名前まで与えられて、かのネルヴァルのオーレリアにも比すべき永遠の女性と化しているかのようなのだ。つぎに引くのは、「猫の死骸」と題された詩の全行である。

海綿のやうな景色のなかで
しつとりと水気にふくらんでゐる。

どこにも人畜のすがたは見えず
へんにかなしげなる水車が泣いてゐるやうす。
さうして朦朧とした柳のかげから
やさしい待びとのすがたが見えるよ。
うすい肩かけにからだをつつみ
びれいな瓦斯体の衣裳をひきずり
しづかに心霊のやうにさまよつてゐる。
ああ浦　さびしい女！
「あなた　いつも遅いのね」
ぼくらは過去もない未来もない
さうして現実のものから消えてしまつた。……
浦！
このへんてこに見える景色のなかへ
泥猫の死骸を埋めておやりよ。

朔太郎を読む者は誰しも、「浦」というこの突然の固有名のあらわれに驚き、とまどう。件の「死せる女」のことだとしても、詩人はなぜ彼女に「浦」という名前を与えたのだろうか。もちろん意味論的には、「うらぶれた」「うらさびしい」の「うら」に、入り江という女性的な場所を示す漢字「浦」を当てたのだと思われる。ただ、後年の『定本青猫』では、「ula と呼べる女に」という献辞までつけている。ふつうのローマ字表記ならば ura ではないかとも思うが、おそらく、エレナの場合もLだからなのであろう。つまり、ula はエレナのアナグラム的な変容とみてまず間違いない。余談だけれど、英語の発音として聴いた場合、LはRよりも明るく軽やかに響く。いずれにしても、この不思議な名前を与えられることによって、亡きエレナは「死せる女」以上の存在になるのだ。

すなわち、「死せる女」への呼びかけである ula は、同時に、そのなんともいえない音楽的な情調によって、それまでの艶かしくも暗鬱な詩的空間の音韻的収束であるかのようであり、かつまた、何度か繰り返されるうちに、そのまわりに他の言葉が呼び寄せられて、同様のメランコリックな雰囲気的同一性が組織されてゆくというふうである。つまり浦はたんなる「死せる女」の名前なのではなく、いまや詩を産み出す胚あるいは母胎でもあるかのようだ。さらに視野を大きくしていえば、この時期――『青猫』後半から「『青猫』以後」の作品群にかけては、朔太郎の切りひらいた口語自由詩が、もっとも伸びやかに自在にその音楽性を織り成していった時期であるけれど、そのいわば可能性の中心に、ula という音韻がひそんでいるかのようなのだ。あるいは、テクストという名の張りめぐらされた巣の中心にいて、なお音韻の糸を吐きつづける蜘蛛、それが ula なのかもしれない。

浦という女を呼びもとめることは、だから、ある意味では作品をもとめることである。しかし同時に、詩人と作品とのあいだには、「あなた　いつも遅いのね」という決定的なずれないしはへだたりが介在してもいる。するとにわかに、オルフェウス＝朔太郎は、オルフェウス神話を詩人と作品との関係として読み解くあのモーリス・ブランショの問題圏にさえ近いという気もするけれど、[*4]そうなるためには、浦という女性の存在はあまりにもはかなかった。「猫の死骸」のつぎの「沼沢地方」において、詩人ははやくも浦との別れをうたうのである。

ああ　浦！
もうぼくたちの別れをつげよう
あひびきの日の木小屋のほとりで
おまへは恐れにちぢまり　猫の子のやうにふるへてゐた。
あの灰色の空の下で
いつでも時計のやうに鳴つてゐる
浦！
ふしぎなさびしい心臓よ。
浦！　ふたたび去りてまた逢ふ時もないのに。

じっさい、浦という女は、このあと朔太郎のテクストから全く姿を消してしまう。そして驚くべきことに、いや必然のこととして、それとともに口語自由詩の豊かな音律の可能性も影をひそめてしまうのである。オルフェウス＝朔太郎は ula とともにあり、ula とともに死んだのだ。以後の朔太郎に残されていたのは、「郷土望景詩」から『氷島』にいたる、あの詠嘆的な文語詩の隘路だけであった。

4

賢治へと移ろう。彼のエウリュディケは、いうまでもなく妹のトシ（詩篇中では「とし子」）である。妹の死がこれほどまでの文学的出来事になった例は、古今東西に稀であろうが、それだけに、妹への賢治の思いが、同じ熱心な仏教徒という同志的絆とともに、潜在的にせよエロス的な要素を含んでいたことは否定できないであろう。

彼女が結核によって二十五歳の若さでこの世を去るのは、一九二二年十一月二十七日のことである（朔太郎のエレナも結核で死んでいるから、文化史的に言えば、結核という近代特有の病いが口語自由詩の可能性を切りひらいたともいえるかもしれない）。「無声慟哭」としてまとめられた連作三篇（「永訣の朝」「松の針」「無声慟哭」）はこれと同じ日付をもっている。つまり賢治は、妹の死の当日にそれらの詩を書いたということになる。

けふのうちに
とほくへいつてしまふわたくしのいもうとよ
みぞれがふつておもてはへんにあかるいのだ
（あめゆじゆとてちてけんじや）

うすあかくいつそう陰惨《いんさん》な雲から
みぞれはびちよびちよふつてくる

あまりにも名高い「永訣の朝」の冒頭である。リアルタイムに沿うように、死にゆく妹への語りかけという書き方を採っているため、作中において正確にはまだ妹は死んでいない。時間錯誤の、先取りされた喪のエクリチュール、とでも言えばいいのだろうか。それでもしかし、朔太郎にみたような喪による言葉の詩的変容はここでもきわめて劇的である。

まず、誰の眼にもあきらかなのは、ひらがなの多用だ。もともと賢治は和語系（というような言い方があるかどうか）の詩人だとは思うけれど、それにしても、『春と修羅』を「序」から読んできてこの「永訣の朝」にいたると、急にひらがなが増えて、あたかもインフレーションを起こしたような感覚に襲われないだろうか。エクリチュールの狂熱は、発話を漢字仮名交じり文に変換するいとまも与えないかのようだ。べつの言い方をすれば、文字は声に近づいている。身体のレベルでいえば、眼よりも耳に言葉があつまり、そこで旋回したり跳躍したりしている。そういう状態の詩人に、妹の言葉が入り込んでくるのだ。

（あめゆじゆとてちてけんじや）

これがこの詩の核心である。それゆえに、四回も繰り返されている。瀕死の妹のうわごとを、詩人はその聴取のままに——むきだしの方言のままに——書き取る。妹の発話を詩人はまぎれもない固有言語として聴いているのであり、しかもそのなかには、アナグラム的に、詩人自身の名前（賢治）がかくれている。それはいわば、起こりえないこと——すべてを雑食的に取り込む口語自由詩の潜在的可能性という次元で考えないかぎり、起こりえないことだ。

それにしても、「わたくし」という人称主語を採る主体の語り口と、そこへ突然瀕死の妹の言葉として挿入されるむきだしの方言との、なんというきわだった対照であろう。この対話的構造の本質を、名著『宮沢賢治の彼方へ』において、天沢退二郎はつぎのように見事に描き出す。

> そのときまるで啓示のように妹のことばが賢治の耳を打つ。（あめゆじゅとてちてけんじゃ）。このことばが純粋な方言のまま、うむをいわせず詩人の詩句のあいだへ割りこみ定着してしまうのを詩人とぼくらは驚きの目をみはって目撃する。《あのみぞれ取ってきてちょうだい》というとし子の直截な願いは単なる頼みではなくて、詩人の心象状況のまさに要めへささりこみ、詩の潜在的な言語の絃へ熱い指をのばす、象徴的な影響力を賢治に与えたのだ。それは孤独のまま進行していた賢治の詩の営為へ他者が、それも愛する妹が、はじめて自ら投げ入れてきた参加のブイであった。全部ひらがなで方言のまま、経文か呪文のように賢治がそれをカッコでくくってくりかえし書きつけるのも、そうした感動のさしせまった表出である。[*5]

つまり「とし子」とは、天沢氏風に言うなら「詩のオリジン」なのだ。さきほどのulaに引き寄せるならば、詩を産み出す胚あるいは母胎である。そのような存在として、「とし子」は、「詩の潜在的な言語の絃へ熱い指をのばす」——うーんと私などは唸ってしまうが、まさに言い得て妙というか、若き日の天沢氏でなければ書けないような「熱い」批評的メタファーである。私としてはただ、「詩の潜在的な言語の絃」を、口語自由詩の主として音楽的な潜在的可能性、と貧しく言い換えることができるだけだ。

天沢氏はさらに書く。方言による「とし子」の要請によって、陰鬱な空から「びちよびちよ」降っていたみぞれそれ自体も、まるで奇跡が起きたように、「さつぱりした雪のひとわん」と化し、それはまさしく、みぞれが「詩人の意識の窓外をかれのものになることなくかすめ落ちていく詩の言語の原形質」として降っていた状況から、「雨とも雪ともつかぬ不定形なこわれやすい無言の言語の素のひとかたまりを、ひとつの作品のきれはしとして妹の死へはなむけすること」への、詩の空間それ自体の変容であると。[*6] ここでも私は感嘆してしまうのだが、モーリス・ブランショの『文学空間』にジャン＝ピエール・リシャールのテーマ批評を接合して得られたような、氏ならではの、それ自体詩的というほかない読解である。

私はこれに、いささか野暮な詩的言語の政治学を加えよう。口語自由詩の可能性とは、妹の言語の聴取であるとして、実のところそれは何を意味するか。対置されているのは、父なるものの一切であろう。父なる家庭、父なる社会秩序、そしてとりわけ父なる共同体言語。詩人は「あめゆじゆとてちてけんじや」という妹の促しのままに、「まがつたてつぱうだまのやうに」みぞれの降る外へと飛び出してゆく。それはもちろん、一刻も早く妹に「雪のひとわん」をとどけたいがためであるが、同時に私には、詩の行為が、それ自体方言である妹の言語を聴取しながら、その妹とともに、父なる共同体言語の外に出ていこうとする、その積極的で生産的な逃走線のようにもみえるのである。妹の言語の聴取（それは詩篇後半でもう一度行われるが、なんとそこではローマ字表記——Ora Orade Shitori egumo——で書き取られる）は日本語からの逃走である。言い換えるなら、口語自由詩の可能性が、日本語のへりないしは国境性とオーバーラップする瞬間、それが「まがつたてつぱうだまのやうに」飛び出してゆく主体の動線の意味だ。

その瞬間、みぞれも「さつぱりした雪のひとわん」に変容したのだといってもよいだろう。こうして、「あめゆじゆとてちてけんじや」の聴取を契機に、賢治はまさに詩人としてのオルフェウス的いさおし——すなわち万象のなかに分け入り、万象をさすあれこれの言葉を、一国語を超えた詩的言語として思いのままに聴取し、あるいは開拓して、それを「雪のひとわん」のようにもたらすことができるという権能に恵まれる。あるいは、賢治にはもともとそういう力がそなわっていたというなら、それを最大限に発揮し始める。朔太郎がエレナなる死んだ女性を詩に召喚しつつ、オノマトペを核に口語自由詩の音楽性を伸びやかにひろげていったあのときのように。ふたりともそうしなければ、不在の女に近づくことができないからだ。あるいは不在の女が、彼らに、もしも自分とともにありたいならば、そのようにして自分に近づき、自分を作品と同一視せよ、そうして自分に「雪のひとわん」のような詩的言語の実質を送付せよ、と促すのである。

私が最初に予告しておいた、詩という特異で一回的な出来事性とは、まさしくこのような事態をさしている。なぜ「死せる女」にそのような力があるのか、またその伝でいけば、すぐれた詩人となるには、最愛の者の死という出来事にかならず先立たれていなければならないのか、そのようなことはわからないし、わかりえないことだろう。ただ出来事は生起した——そう、まぎれもなく、不思議は不思議のままに、ほかに還元のしようもなく、生起したのである。

5

ところで、天沢氏も指摘するように、[*7]「無声慟哭」連作には独特の視線のドラマが展開する。詩的にもっとも高められた「永訣の朝」においては、詩人はつねにとし子をみつめている。ブランショの逆説的な論点にひきつけて言うなら、オルフェウス的主体はエウリュディケを注視しつづけるほかないのである。[*8]ところが、三篇目の「無声慟哭」になると、その末尾に、つぎのような奇妙な表現が読まれる。

わたくしのかなしさうな眼をしてゐるのは
わたくしのふたつのこころをみつめてゐるためだ
ああそんなに
かなしく眼をそらしてはいけない

この「眼」は誰の眼なのか、なんとも曖昧である。死にゆく妹の眼をじっとみているうちに、いつのまにかそれは妹の眼に映る「わたくし」の眼となって、「わたくし」は「わたくし」をみているにすぎないかのようだ。そう、賢治はもうとし子をみていない。あるいはみえていない。それはさながら、オルフェウスの注視の劇、掟を破って振り返ってしまったために、二度とエウリュディケをみることの叶わなくなったあの劇が、地獄下りよりも前に執り行われてしまったかのようである。

詩の高みは、賢治にあってさえも、一度かぎりのものであるというようだ。詩篇「無声慟哭」は、はやくも、「永訣の朝」の詩的絶頂にはない。そこには、いわば事後のオルフェウスがいるのだ。

6

「無声慟哭」連作は、とりわけ「永訣の朝」は、「わたくし」という主体が最愛の妹の死に臨んでその悲嘆をうたいあげる抒情詩の極致ともいうべき作品である。そして右にみたように、そこにおいてすでにオルフェウス的主題はそのワンサイクルを完了させている。だとすれば、もしも「わたくし」が抒情主体にとどまるならば、この主題はもう取り上げられることもないだろう。ところが、賢治の場合はちがっていた。真に驚くべきことに、賢治作品においてオルフェウス的主題は繰り返し繰り返し登場する。それはつまり、この主題のあらわれ方が抒情主体の変容――あるいは、同じことの言い換えだが、賢治作品におけるジャンルの推移――と深くリンクしている、あるいはパラレルであるということだ。オルフェウス的主題はまず、「無声慟哭」という抒情詩の極致においてあらわれた。つぎにそれは、「オホーツク挽歌」としてまとめられた一連の挽歌詩篇群、とりわけ「青森挽歌」のうえにふたたびひらかれる。「青森挽歌」は依然として一個の抒情詩であるが、同時に抒情詩としての結構を、それとはそぐわない複数の主体の声やフィクショナルな要素の侵入によってあちこちで食い破られてもいる、実に不思議なテクストである。そして三度目の主題のあらわれ、それこそはあの純然たるフィクション、『銀河鉄道の夜』にほかならない。賢治＝オルフェウスの行方を見届けるためにはぜひともこの傑作童話を繙かなければならないであろうが、そのまえに「青森挽歌」が、「無声慟哭」から『銀河鉄道の夜』へとオルフェウス的主題を渡すひとつの橋のように横たわっているのである。

7

年譜によれば賢治は、妹トシの死の翌年（一九二三）、教え子の就職依頼のため、青森、北海道、樺太方面に旅行している。この旅にはまた、トシの霊とひそかに交信したいという、唖然とするような目的もあったとされている。それはまさに、エウリュディケをもとめて地獄に下ったオルフェウスそのままではないか。「青森挽歌」はそのような背景のもとに書かれた二五〇行にも及ぶ長詩である。その書き出しは、

こんなやみよののはらのなかをゆくときは
客車のまどはみんな水族館の窓になる
　（乾いたでんしんばしらの列が

せはしく遷つてゐるらしい
きしやは銀河系の玲瓏《れいろう》レンズ
巨きな水素のりんごのなかをかけてゐる）

と、きわめて美しく、はやくも『銀河鉄道の夜』が予告されているかのようだ。それと関連して、三行目以下がなぜ段下げのうえ括弧にくくられているのか。吉本隆明はここに視線の二重性をみて、「こちら側におかれた視線と、光景の内側にその要素のひとつとしておかれた幻覚に似た視線とが、せわしなく交換され、しかもその交換がすばやくまた持続するため、光景がふたつの視線から同時に照しだされて二重うつしになっていると感じられる」と鋭く指摘しているが[*9]、それはそのまま、純然たる抒情詩の進行とフィクショナルな作品への移行とのあいだで揺れ動いている抒情主体の二重性でもあるだろう。しかも、そのような揺らぎや分裂はこののちも「青森挽歌」をつらぬいてひんぱんに生じるのであって（表記上は段下げや括弧つきとして処理される）、それがこのテクストに、悪くいえば独特の混乱を、よくいえばさながらオペラのようなある種の多声構造を与えている。

そこに「青森挽歌」の魅力もある。「死せる女」とし子の力は、ひきつづきここでも口語自由詩の潜在的可能性をひろげているとみるべきで、この詩の韻律と構成の音楽性を分析した富山英俊の論考[*10]によれば、「なによりもまず、この作品が、ことばの音楽という水準で、いかにみごとに構成されているかに注意を向けるべきだろう」という。またその論考に紹介されている入沢康夫と生野幸吉のとある対談でもこの詩のリズムにふれ、生野氏は「あの自然な口語のリズムに非常に今でも新鮮な魅力を感じているし、ほかの人にできなかったような気が、——というか、賢治にもまれにしかできなかったんじゃないかと思います」と言い、それを受けて入沢氏も、「交響楽的……多重旋律的な感じ」を認めると応じている。これは重要だ。

同時にしかし、もうひとつ、天沢氏も指摘しているように、[*11]亡き妹をさす人称が、「無声慟哭」における二人称「おまへ」から、より物語志向的な三人称「あいつ」へと変化している点も見逃せない。それとともに、「あいつ」が歩いているにちがいない他界の想像的ないしは描写的な詩行も増えてゆくのである。

あいつはこんなさびしい停車場を
たつたひとりで通つていつたらうか
どこへ行くともわからないその方向を
どの種類の世界へはひるともしれないそのみちを
たつたひとりでさびしくあるいて行つたらうか

けれども、いまだフィクションとして自立していない地獄下りすなわち他界の描写は、往々にして、法華経に描かれた浄福の世界をさらに詩的に引き写したような、美しいながらどこか借り物のような風情を漂わせている。たとえば、

紐になつてながれるそらの楽音
また瓔珞やあやしいうすものをつけ
移らずしかもしづかにゆききする
巨きなすあしの生物たち
遠いほのかな記憶のなかの花のかをり

また、物語志向によるそのような他界への傾き自体が、逆に今度はあたかも復活した抒情主体によって疑念に付されるという事態にもなって、テクストはいよいよ混迷を深めてゆくようにもみえる。

わたくしのこんなさびしい考は
みんなよるのためにできるのだ

オルフェウスに課せられた掟、それはエウリュディケを振り返ることなく地上へ、昼の世界へ、理性と秩序のもとへ生還しなければならないということである。それは賢治にもわかっている。だがそのすぐあとで、

けれどもとし子の死んだことならば
いまわたくしがそれを夢でないと考へて
あたらしくぎくつとしなければならないほどの
あんまりひどいげんじつなのだ
感ずることのあまり新鮮にすぎるとき
それをがいねん化することは
きちがひにならないための
生物体の一つの自衛作用だけれども
いつまでもまもつてばかりゐてはいけない

とも書く。狂気が近接しているのだ、そう、朔太郎のときにも引き合いに出したあのジェラール・ド・ネルヴァルのように。しかし、賢治はその一歩手前で引き返すことになる。掟をやぶってまで地獄下りを徹底させて、どこまでもエウリュディケ=作品とともに歩もうとする真底オルフェウス的な主体と、掟のままに結局は地上に戻ることになるオルフェウスの宿命をいわば先読みしているもうひとりの冷静な主体と、ふたつながら寄り添い、しりぞけあいながら、いつしか、つぎのように、全く別の倫理的な出口が用意されてしまうかのごとくである。

《みんなむかしからのきやうだいなのだから

けつしてひとりをいのつてはいけない》
ああ　わたくしはけつしてさうしませんでした
あいつがなくなつてからあとのよるひる
わたくしはただの一どたりと
あいつだけがいいとこに行けばいいと
さういのりはしなかつたとおもひます

仏教思想が背後にあるとはいえ、「死せる女」オーレリアに導かれて、天上界へと狂気のうちにダンテ的上昇を果たすネルヴァルとの、なんという違いであろうか。こうして「青森挽歌」は締めくくられる。興味深く思われるのは、同時に賢治の口語自由詩それ自体も減衰的に収束に向かうことになるということである。それについては天沢退二郎の批評がつぎのように言い尽くしている。

『無声慟哭』詩群――とりわけ『永訣の朝』――で奇跡的な高みに宙吊られて《詩》のオリジンが滅んだ、その滅び自体を悼むこと、すなわち夜を意識し剝離することに挽歌詩群の流れが収束していくとき、ぼくの考えでは、宮沢賢治の詩作はほぼそこで本質的には終わりを告げるのである。このあとさらに『春と修羅』第二、第三集を構成する厖大な詩作品が書きつがれ、第一集のいくつかの主要な主題の展開と変質、いくつかの新しい詩的問題の発生があり、さらに晩年の文語詩は主として少年期の短歌の改作を素材にまたいくつかの達成のあとを残すことになるが、(…)本質的には(いわゆる『疾中』詩篇における狂気とのすさまじい触れあいを重要な留保事項として)自由詩形における宮沢賢治の《詩》のオリジンはとし子の死とともに滅んだのであり、『春と修羅』第二、第三集にどんな昂揚や苦悩があろうと、それは極言すれば宮沢賢治という詩人のいわば余生での営みにすぎないからである。[*12]

ずいぶん大胆な見解だとは思うが、しかしまた、詩という特異で一回的な出来事性からすれば、その通りというほかかない。これ以上の何をつけ加えることがあろうか。ただ、思い起こそう、萩原朔太郎においてもまた、「浦!」と作中に呼び止められた「エレナ」なる女性の消滅とともに、口語自由詩の可能性がみるみる退潮していったことを。逆に言えば、朔太郎の口語自由詩は、たった一度か二度の、「死せる女」との世にも奇妙な逢い引きの場へと引き寄せられるかのように、その多様な音韻のテクスチャーを、共同体言語の規矩を超えてまでひろげることができたのだった。賢治においてもまた、ただ一度の死にゆく妹の言語の聴取によって、父なる言語=共同体言語の外へと、真のオルフェウスの耳へと、その口語自由詩の潜在的可能性を越境させることができたのである。

*1 長野隆『抒情の方法——朔太郎・静雄・中也』思潮社、一九九九、六〇—七三頁。
*2 実は、平沢氏からその後、朔太郎と賢治との比較を含む未見の天沢氏の論考「詩の成立と運命——朔太郎、

暮鳥そして賢治――」(《宮沢賢治》鑑』、筑摩書房、一九八六)がおくられてきて、本稿執筆には間に合わなかったが、私はそこで貴重な発見をすることになった。短歌から口語自由詩を経て文語詩へという共通のこの推移についてはつとに天沢氏も着目し、日本近代詩全体の核心的問題としてスリリングな議論を展開しているのである。たとえば口語自由詩は、朔太郎の「竹」連作とともに、あるいはそれ以上に、賢治の「屈折率」にはじまるとか、ふたりの文語詩の試みには、背景として「口語体による作品の解体の危機意識」があったとか。稿をあらためて検討してみたい創見である。

＊3 以下、朔太郎のテクストは『萩原朔太郎全集』（筑摩書房、一九七五）に、賢治のテクストは『宮沢賢治全集』（ちくま文庫、筑摩書房、一九九五）に拠る。

＊4 モーリス・ブランショ『文学空間』（粟津則雄・出口裕弘訳、現代思潮社、一九六二）のうち、とくに「オルフェウスの注視」と題された章を参照のこと。

＊5 天沢退二郎『宮沢賢治の彼方へ』増補改訂版、思潮社、一九七七、一六四頁。

＊6 同書一六五頁。

＊7 同書一七一―一八一頁。

＊8 前掲書に、「オルフェウスが「振り返る」ことを禁じている掟に背くことは避けがたいことだ。なぜなら、彼はすでに闇へと向うその第一歩からして、この掟を破っていたのだから。われわれはオルフェウスが、実は一度たりともエウリュディケーの方へ身を向けることをやめたことはないのだと予測することができる」（二四二頁）云々とある。

＊9 吉本隆明『宮沢賢治』ちくま学芸文庫、筑摩書房、一九九六、二九八頁。

＊10 富山英俊「『青森挽歌』を読む、聴く」（「言語文化№13 特集・宮沢賢治生誕一〇〇年」明治学院大学言語文化研究所、一九九六）三九―六八頁。

＊11 前掲書一八八頁。

＊12 同書一九九―二〇〇頁。

西脇順三郎、詩のトランスモダン

『失われた時』のほうへ

いま紹介にあずかりました野村といいます。去年この「西脇順三郎を語る会」にはじめて伺いまして、とってもほのぼのとした雰囲気と、それから、何といったらいいのでしょうか、けっしてうわついたり小難しがったりしないで、時流とかブームとかとも距離を置いて、それでも過不足なくポエジーを語っているという、そんな印象を受けました。新倉先生から、来年は何か話してくださいというお言葉をいただきまして、そんな柄じゃないと思いながらも、ついつい、こんな場所にいま立ってしまっています。

正直なところ、私にはほんとうに西脇順三郎について語る資格なんてないんです。といいますのも、学生の頃からずっとあのフランスの前世紀の悪童ランボーなんかを読んできまして、西脇作品を読むようになったのはここ数年のことにすぎないからです。なるほど、『Ambarvalia』の「ギリシア的抒情詩」の何篇かはさすがの私でも以前に読んで知っていて、いいなあと思っていましたけど、『旅人かへらず』以降の作品は、正直言って隠棲詩人の高踏的な手すさびぐらいにしか捉えられていませんでした。去年私と同じこの場所で城戸朱理さんがとても面白い話をされましたが、彼なんか西脇を読んで詩を書き始めたなんて、こともなげに言うんですけど、私からしてみれば驚異以外のなにものでもありません。

ただ、言い訳がましく聞こえますけど、中年になって読んでかえってよかったんじゃないか。すくなくともランボーから西脇に行く方が、西脇からランボーに行くよりも（そんな人いるのかどうかわかりませんけど）、変な言い方ですが、自然の理にかなっているんじゃないか、そんなふうに思えるんです。数年前に西脇を読み始めて、とりわけ『旅人かへらず』以降のあの途方もない詩的諧謔の世界に、こちらが生の有限性というものを身にしみて感じるようになったせいか、すうっとストレートに入っていけるんですね。西脇自身、性欲がなくならないと俺の詩はわからないというようなことを語ったことがあるそうですが、そうなると私なんか、まだまだかもしれませんけど。

で、きょうは性欲をなくしたふりをしまして、その『旅人かへらず』以降の西脇作品、とりわけその頂点と思われる『失われた時』のほうへアクセスを試みてみようと思っています。初心のくせにいきなり高峰を攻めるのは、われながらちょっと大胆というか、先行きはなんとも不透明ですけど、そのまえに、ちょっと伏線のようなものがありますので、そのことの話をまずさせてください。いま城戸朱理の名前を出しましたが、彼との共同の仕事で今度『討議戦後詩』という本を刊行しました。そのなかで戦後詩と西脇順三郎という問題設定をしまして、戦後詩をもうひとまわり大きな詩の歴史に組み換えていくときに、西脇の存在が重要になってくるんじゃないか、そんなことを話し合いました。たとえば現代詩の新しい起源ともいえる吉岡実にとって、西脇順三郎はまさしくマイスターのような存在だったでしょうし、またたとえば吉増剛造さん、この詩人も戦後詩のひとまわり外へ大きく弧を描きつつある重要な詩人ですけど、その『草書で書かれた、川』という詩集のなかに「老詩人」というすばらしい長詩がありまして、その「老詩人」がどうも西脇順三郎をさしているようなんですね。つまり、吉増剛造さんの背後にも西脇がいるわけです。

それから、まだ少々こなれていない概念かもしれませんが、詩の歴史の組み換えコードとしてわれわれが選んだ「翻訳空間」（これは去年の城戸朱理さんのお話のテーマでもありました）とか「詩的ガイネーシス」とかいう筋を辿っていっても、かならず西脇順三郎にぶつかるんですね。戦後詩のひとまわり外に、西脇順三郎から現在へ、現在から西脇順三郎へという往還の線が描けそうな気がする。それがつまり、きょうの私の話のタイトルにもなっている「トランスモダン」ということなんですが、まあだいたいそんなようなことを話し合ったわけなんです。そうしましたら、いくつか出た『討議戦後詩』の書評のひとつに、「フィクサー西脇」というような揶揄があったんですね、揶揄は揶揄なんですけれども、なかなか面白い言い方ではないでしょうか。詩の歴史を組み換えるというのもひとつの政治でしょうから、それならもう少し西脇さんにフィクサーぶりを発揮してもらおうではないか。というわけでして、きょういらっしゃったみなさんにも、私の話を聞いて、西脇順三郎の「黒幕」ぶりが印象づけられればそれにまさる喜びはないと思うんですけれども。

さて、そろそろ本題の『失われた時』のほうへアクセスを始めましょう。西脇作品のつねとしてたくさんの引用やパロディがあるんでしょうけど、そしてじっさいに新倉先生の『西脇順三郎全詩引喩集成』のような労作も存在するわけですが、こちらには学もありませんし、そうした方面のことはきょうはあまり気にしないですすめたいと思います。というか、教養なくても西脇作品は読めるぞ、というようなことを多少とも示せればと思うのですが。

そうはいっても、タイトルがまずひっかかります。ただちに思い浮かべるのは、プルーストのあの『失われた時を求めて』ですが、詩人は創作の段階で何かそのことを意識したのでしょうか。たぶん、したのでしょうね。といいますのも、『失われた時を求めて』の「を求めて」をカットしたただのぶっきらぼうな「失われた時」、というようにもし詩人がタイトルをつけたとすると、それがこの詩を読み解くポイントのひとつじゃないかと思えるからなんです。さきほど生の有限性ということを言いましたけれども、それを感じ始めると人は永遠といったものを求めるようになります。プルーストとて例外ではありませんでした。ただこの大作家は、それをなにかしら超越的なものに結びつけたのではなく、むしろごくありふれた、人間の記憶の作用のなかに求めました。生成する記憶。早い話が、あるイメージを追憶することによって、その瞬間を現在に甦らせるわけですけど、そのようにして瞬間が複数になったらそれはもう瞬間ではなくなるわけです。

でも、反面それはいかにもモダンな時間意識の反映であって、起源と現在を結ぶパーソナルで直線的な時間の流れを前提にしないわけにはいきません。「を求めて」という主体の関与の仕方がまさにその時間の流れとパラレルであるといえます。もちろんプルーストは大文学者ですし、作品は無限の循環構造を成していて、そこから汲めども尽きない文学的諸表象が提供されているわけですが、こと時間意識に関するかぎり、女々しいというか、トリヴィアルというか、たかが追憶、たかが生成する記憶ですからね、ひたすらうしろ向きなわけです。それはひたすら前向きなことと、西脇流の言い方をすれば「方向がちがうだけ」であって、そのあたりのことが、わが「老詩人」西脇順三郎にはつまらない、あるいは生真面目すぎると映ったのではないでしょうか。それなら少し諧謔してやれ、と。「を求めて」の主体的働きかけが邪魔なのだから、それをカットして、たんに「失われた時」、このぶっきらぼうは、「を求めて」の能動的な動詞表現のかわりに、フランス語でいえばたんに「何かがある」を意味する非人称表現の il y a を影のように添わせた感じでしょうか。われわれは刻一刻と時を失ってゆくわけですが、でも追憶によって瞬間を惜しまなくていいんだ、ざるみたいに時が失われてゆくのにまかせていると、われわれは少し軽くなる、その軽さが永遠ということにつながるのではないか。まあそんな感じで詩人はこの『失われた時』の、この四部千五百行にも及ぶ長篇詩のエクリチュールに就いたのではないでしょうか。

夏の路は終つた

これが『失われた時』の第一行ですけど、こんなにさりげないのに、なんとも象徴的な、印象深い書き出しの言葉になっているような気がします。さきほど、中年になって西脇詩を読み始めてかえってよかったなんてことを言いましたが、この一行なんかはまさにそのことを実感させてくれるわけです。秋を喚起すること。それが西脇詩生成の第一歩なのではないでしょうか。

ところで、秋といえばあのランボーだって、『地獄の季節』の最終章「告別」は、「もう秋なのか」という詠嘆の言葉から始めていますが、そのあと「それにしてもなぜ、永劫に変わらぬ太陽をなつかしむのか、おれたちが聖なる光の発見にたずさわっているのなら、——季節のまにまに死んでゆく人びとから遠く離れて」とつづきますから、ニュアンスは全然ちがいますね。もうひとつ、これも有名なボードレール「秋の歌」における秋の喚起というのもあるわけですが、こちらはひたすら暗く重い。それに比べると、西脇の秋のなんという軽さ、すがすがしさでしょう。『近代の寓話』のなかに、そのものずばり「秋」というタイトルの名篇がありますけど、あれ私大好きなんですが、たった九行という短いテクストに、季節の秋と人生の秋と、「タイフーン」の風の感覚と「バラモン」のかすかな死の匂いと、ふたつながら同時に、理屈や観念としてじゃなくて、まさに言葉の響き合う空間性そのものとして喚起されているんですね。ちょっと引用しておきましょうか。

タイフーンの吹いている朝
近所の店へ行つて
あの黄色い外国製の鉛筆を買つた
扇のように軽い鉛筆だ
あのやわらかい木
けずつた木屑を燃やすと

バラモンのにおいがする
門をとじて思うのだ
明朝はもう秋だ

冒頭のこの「タイフーン」の響きが、なんともいいですね。これがもう、これから展開される言葉の空間全体にいわば詩の風を通してしまっている。鉛筆も木も、「タイフーン」が吹いているから軽いし、やわらかいんだ、というふうに。つまりいわば風によって生命を吹き込まれているわけです。意味論的なそういう響き合いと平行して、音韻論的には、タイフーンのフーンが「バラモン」のモンへ、そして「門」へと渡ってゆく。こちらは死の系をかすかに紡ぎながら。まったく、心憎いとしか言いようがないような、それでいてさりげない、すこしも奇を衒ったところのない言葉の運びですね。芭蕉の「この秋はなんで年寄る雲に鳥」に匹敵する不思議な絶唱だと思います。

『失われた時』のほうに戻って、テクストは秋の喚起のあと、西脇的テーマである「淋しさ」が登場し、「アルミのたらいをもつてシャツ一枚きて／銭湯にかけこむ少年は淋しい光りだ」とかあって、そのさらに数ページさきに、

淋しさは果てしない女のようにつづく

となって変奏されてゆきます。ここが作品全体の核だと思うんですが、西脇的な「淋しさ」とは何か、しばしば問題にされるようですけど、私にはそれよりもその「淋しさ」が「果てしない女」に結びつけられているほうにまず目が向いてしまうといいますか、「果てしない女」って何だろう、と問題が横滑りしてしまいます。だめですねえ、まだ性欲をなくしたふりがうまくできないみたいで。

ともあれ、果てしない海とか果てしない地平線とか、そういうふうに使われて時間空間の無限定性をあらわす形容詞が、ひとりふたりと数えられる限定された存在であるはずの「女」にくっついているんですから、こういう言い方に出くわすともう無条件で西脇詩が好きになってしまいますけど。第二部になりますと、こんな詩行が出てきます。

キツツキの
あのあおざめたるほお骨に
女の無限が
にじみ出ている

このミクロ的無限も面白いですね。「果てしない女」に戻って、こちらのほうは、女がこう、はるか地平線のほうまで、数列みたいに何人も何人もずーっとつづいている感じ、それとも大地自体がたおやかな女体のようにみえる、ということなのでしょうか。なんとも壮大で、気が遠くなりそうで、同時に少し笑いを誘われるような、そんなイメージです。そして、主題論的には、『失われた時』につづく作品『豊饒の女神』や、さかのぼって『第三の神話』に出てくる「アンドロメダの子宮」、さらには『旅人かへらず』の例の「幻影の人」、それは「果てしない女」同様「淋しき」という語に結びつけられていますが（「幻影の人の淋しき」）、そういった存在とともに、この大地、あるいはこの宇宙の根源的な女性性を織り成しているということになります。『老子』にいうあの「玄牝」という感じですね。詩を生み出す母胎でもあるので、私なりの用語では詩のガイア、詩的ガイネーシスなんて呼ぶこともありますけど。

すなわち、「淋しさ」つまり主体の基調的なエートスが、「果てしない女」つまり非主体的な詩的ガイネーシスと結びつけられて、そこに詩作の契機が生まれる。『第三の神話』の詩行を借りていいますと、「そういう秋のイメヂが／夜明けの空に混交するまで／秋分の女神のために／おとぎをしたのである」ということになって、ここに西脇的主体の非主体的メディエーター的な性格があきらかになるように思われるのです。

それはすすんで想起を放棄すること、むしろ女性性を通して自己が想起されるようにすること、そんなふうに言い換えられるかと思います。もちろん『失われた時』にも想起の場面は出てきますが、しかしなんともランダムというか、無造作な想起で、想起すればするほどその内実の固有さが失なわれてしまうようなていのものです。

ランダムといえば、この作品を読むわれわれの読書行為にもそれは反映しているのではないでしょうか。これまで、『失われた時』の詩行に沿って、注意をひくようなフレーズをいくつかピックアップするかたちで、つまりあたかも言葉の線条性に沿ってそれが一定のリアルさを持っているかのようにお話ししてきたわけですけれども、どうもじっさいの西脇詩の読書行為とはそぐわないような気がします。あの延々とつづく百行や二百行を、われわれはじっさいどのように読んでいるのでしょう。もちろん順を追って読みはしますが、同時にどこまで読んでも順を追って読んだだけの時間が流れていないような、どこかでまた元に戻って最初の数行を読み直しているような、つまり時間がこう、線状に流れないでぐるぐる渦巻いているような、そんな感覚を持たないでしょうか。べつな視点から言えば、どこからでもランダムに読むことができる。あるいは、ボルヘスの短篇に「砂の本」というのがありますけど、その砂の本のように、読んでゆくそばからどんどんページが湧いてきてしまう感じ、そんなふうにも言えるような気がします。

そもそも、あの膨大なフローラ、あのうんざりするほどの固有名詞、それらはいったい何のためにあるのでしょう。フローラは固有名詞のように、固有名詞はフローラのように、きりもなく記されています。ひとつには西脇的想像力が大地的であるということでしょう。だいたいが形態的にも植物というのはつるを巻いていたりして直線的ではないわけですね。しかしもう少し深く言葉の問題として追究してみますと、花とか草とか総称的に言ってしまわないで、いちいち固有の名称で呼ぶ、それはほとんど名づけるという行為にひとしいと思うんですが、では、名づけるとはどういうことなのか。

まず、自国語を外国語のように感受している、ということがあります。西脇順三郎の詩をさして日本語内外国語とはよく言われることのようですが、同時に、名づけるというのは言語にもっとも内在的な行為、言い換えれば言語の起源をシミュレートしていつもその近くに在ろうとする行為、そしてそれだけに不可能な、幻想と惑乱に取って代わられやすい行為だと思うのです。それは、いってみれば、想起することなく起源が回帰して現在となってしまうみたいな、つまりここでも時間の直線的な継起が破られるわけです。

この薮はヘンリ・ジェイムズの文章の
ようにクズ　ヒルガオ　ヘクソカズラ
スイカズラのつるでからみあつている
直線は帽子の中の花のように
しおれないうちに枯れてしまつた

ページをどんどんすすめて、第四部からの引用ですが、この箇所なんかテクストによって繰り出される言葉がテクストそのものの姿を映し出しているというような、つまりメタポエティックとしても読めますよね。こうして「失われた時」という長詩は、あげてすべて、渦巻きとしての詩的空間と化してゆきます。女性性、フローラ、名づけ名づけられる関係、それらすべての、かぎりなく回帰し、再来し、反復されるもの。「もう何々もなくなった」という言い方と、「また何々が来た」という言い方が、前後もなくめまぐるしく交代している感じです。西脇順三郎は若い頃ニーチェに影響を受けたということですが、そういうこともあるでしょう。加えて、空間的時間的な距離の消失、とりわけ、もうあとに来る時間への期待は働きません。「失われた時」のその失われるがままにまかせるとわれわれは少し軽くなるなんてさきほど言いましたけど、その軽さとひきかえに、いまここであらゆるエネルギー（とりわけ笑い）の自由な横溢が起こり、そうした力の過剰がなんら留保されることなしに消尽される。こんなふうにいうとニーチェ的であると同時に何だかバタイユ的にもなってしまって、おいおい、ちょっと待てよ、西脇だろ、あの東洋的無の、と指摘されそうですが、過剰という言葉をキーワードに「失われた時」を読むというのはそんなに間違った読み方じゃないと思うんです。

そしてその過剰の最たるものが、コーダ部分の「の」の氾濫ではないでしょうか。

はてしなくただようこのねむりは
はてしなくただよう盃のめぐりの
アイアイのさざ波の貝殻のきらめきの
沖の石のさざれ石の涙のさざえの
せせらぎのあしの葉の思いの睡蓮の
ささやきのぬれ苔のアユのささやきの
ぬれごとのぬめりのヴェニスのラスキン
の潮のいそぎんちやくのあわびの
みそぎのひのつらゆきの水茎の

サンクタ・サンクタールムの女のたにしの
よし原の砂の千鳥の巣のすさびの
はすの葉のはずれにただよう小舟の
はてしなくさまようすみのえの
ぬれた松の実の浜栗のしたたりの
このねむりは水のつきるところまで
ただようねむりは限りなくただよう

以下まだ数行にわたってつづくわけですけど、壮観というべきか奇観というべきか、詩人はこの圧倒的な「の」を導き出すために、それまでの千数百行を費やしたといってもいいくらい、それくらいこの「の」の印象は強烈です。いや読者にとっても、『失われた時』のいつ果てるともなくつづく長い長い詩行をたどってきたのも、まさにこの「の」に出会うためだったのかもしれません。

ところで、「の」といえば、樋口覚さんの好著に『「の」の音幻論』(五柳書院、一九九一)というのがありますけれども、そこにもこの「の」の氾濫が引き合いに出されています。ただ、どちらかというと冷たい扱いでして、樋口さんは、北園克衛の「の」の用法と比較しながら、具体的には戦後の北園の詩集『黒い火』に所収の作品「黒い肖像」の、

絶望
の
火酒
の
紫
の
髭

あるひは
骨
の
籠
のなか
の
影
の
卵

死
の
亀
の
夜
の
距離

という三連を引きながら、この「の」を「かつてどの詩人も用いたことのない仕方で「の」を使い、従来の詩のシンタックスを揺さぶった」として称揚する一方で、西脇の「の」については、「常套的な「の」の意識的な同音の重ねと、脚韻としての使用」としています。たしかにニュアンスという点では零度みたいな「の」ですけど、だからこそあふれることのできたその過剰さにもっと注目してほしかったですね。

「の」はふつう、主体客体の関係や所有被所有の関係をほかの序詞よりもずっと柔らかく融通無碍にあらわすわけです。樋口さんもそのことに注目して、膠着語としての日本語の神秘の最奥部に踏み込んでおられるわけですけど、西脇詩は逆に、そういう「の」に必要なエコノミーを無視して、いわば「の」の使い方を知らない外国人のようにそれを過剰にあふれさせ、その結果、前後の名詞のどれがどれに対して主体であり客体であるのか、所有であり被所有であるのか、もはや判然とはわかりません。「の」はここでは、格助詞としてのあらゆるニュアンスを離れ、ただただ繋ぎの役に徹して、無限の連辞というありうべからざる場面を実現してしまっているのです。無限の連辞、それはもう文ではありません。言葉の線条性のうえで、しかし私たちは文という有限性以外の何か、たとえていえば数学の無限級数のような何かに立ち会っているのです。しかもそれが渦を巻いて、その渦が「の」という文字の表意性、つまり渦を巻く文字のかたちにまで出ている、と言ったら言い過ぎになるでしょうか。あるいは、『失われた時』という延々とつづく詩の川、そこではまだ多少とも文が機能しているのでその文に沿って下っていったら、ついに無限の連辞という茫漠たる河口に出てしまった、そんな感じでしょうか。

いずれにしても、それ自体意味の零度である「の」は、やがて非意味を導きます。事実、これらの「の」の渦の果てに、コーダ部分のそのコーダとしてさらに驚くべき詩行、奇妙な呪文のようなわけのわからない詩行が置かれているのです。

あす　あす　ちやふちやふ
あす
あ
セササランセサランセサラン

何でしょうこの「セササランセサランセサラン」というのは。西脇詩のことだから何か典拠があるのかもしれませんが、もしそうであればお教えいただきたいのですけど、奇妙にリズミカルで、どこか外国語の破片のようにもきこえるこの一行を、ひとまず、意味の果ての非意味としておきます。プルーストの『失われた時を求めて』最終巻のタイトルは『見出された時』ですが、それにかこつけて、『失われた時』千五百行も、ついにみずからの非意味を見出したというべきでしょう。たとえていえば、日本語内外国語としての千五百行が、ほんとうに外国語になってしまったという感じ、あるいは、いたるところに渦をつくりながらそれでもまだ意味につながっていた詩の河口が、そこからさらに非意味の海へと解き放たれたという印象。この圧倒的な開かれ。『失われた時』はしたがって、細部からみれば多数多様な渦巻きですけれども、全体としては円環構造をなしていないのです。このあたりもプルーストとはちがうところでしょうか。さらには、プルーストよりは西脇詩に近いジョイスの『フィネガンズウェイク』ともちがうところでしょうか。最後は自己を棄却して、外へと開かれてしまっている。詩はこうありたいですね、という見本みたいな。この意味深い非意味（変な言い回しですけど）を確認して、『失われた時』へのやや長々としたアクセスを終了することにしたいと思います。

　最後に、ちょっとこう絵を見るときのように引きの空間をつくりまして、すこし遠くから『失われた時』という作品の意義というものを考えてみたいと思うのですが、周知のようにここ三十年ぐらいのスパンで、近代というものが根源的に問い直されているわけです。時間意識という観点からいうと、近代というのは直線的な時間意識、後ろに向かってはありうべき起源を設定し、前に向かってはありうべき未来を設定して、そうして現在を絶えざる乗り越えの場としてゆく時間意識だと思うんですね。で、そろそろそういう時間意識だけではやっていけないのではないか、そういう反省が出てきているわけです。だからといってそれを全否定して、プレモダン的ないしは神話的な円環的時間意識に戻るわけにもいかない。ところが、『失われた時』では、円環にせよ直線にせよ、そういう単一的な方向を持たない時間が提示されています。この話の最初に、『失われた時』のほうへという線がトランスモダンだということを言いましたが、実になんともこの作品自体がさらに深く深くトランスモダン的な線を内包しているんですね。モダンを横断する、陶然たる線。それは直線ではなくてスパイラルであり、かと思うと、スパイラルのようでいてその先端は開かれている。最後ですから少し大胆に気宇を大きくして言いますと、この『失われた時』を読んでその外に出ると、われわれの時間意識、ひいてはわれわれの世界そのものが少し変わるような感じがするのです。『失われた時』を読むというのは、言葉のもっとも深い意味でのヴァーチャルリアリティー——すなわち、つねに潜在的であるがゆえにきりもなく豊かな現実——をくぐり抜けることではないか、そういう感想を報告しまして、終始舌足らずなこの拙い講演を終わらせていただこうと思います。

心平と亀之助の場所

雨になる朝に母岩は輝く

尾形亀之助を読む。草野心平を読む。ずっしりと重く、いまとなっては貴重でもある思潮社版『尾形亀之助全集』（一九七〇）と、そのさらに三倍くらいの分厚さを誇る筑摩書房版『草野心平全詩景』（一九七三）。私のパソコンのかたわらで電子情報時代の恐竜のように嵩ばるその二冊を、ここ数日、編集部の要請にしたがって、並行的に読んでは閉じ、閉じてはまた開くという行為を繰り返しているのだが、交わらない。並行読書は平行読書のままなのだ。

しかし、それはそうだろう。一方には晴朗な『第百階級』のエネルギー、他方には気の遠くなるような『雨になる朝』の不活性。もし交わったとしたらそのほうが不思議であろう。だがその不思議をめざして。

＊

平行読書は、その早い途上で、たとえば以下のような決定的な差異を確認してしまう。事実性の詩人と生成の詩人。尾形亀之助は、なにかがそこにあるという世界の恐るべき事実性を、しかし、うつらうつらと夢見るように書く。世界は覚めていて、主体の眠り、あるいは眠りに準じた状態がそれを夢のようにみせている。

あまり夜が更けると
私は電燈を消しそびれてしまふ
そして　机の上の水仙を見てゐることがある
（「白」）

逆に草野心平は、すべては狂熱的に生成のなかにあるということを、むしろ覚醒した意識で書く。夢想しているのは世界の方で、主体はその夢想を伝える雄弁かつ精密なメディアにすぎないかのようだ。

血染めの天の。
はげしい放射にやられながら。
飛びあがるやうに自分はここまで歩いてきました。
帰るまへにもう一度この猛烈な天を見ておきます。
仮令無頼であるにしても眼玉につながる三千年。
その突端にこそ自分はたちます。
半分なきながら立つてゐます。

ぎらつき注ぐ。
血染めの天。
三千年の突端の。
なんたるはげしいしづけさでせう。

（「猛烈な天」）

こうした、ほとんど対極といってよい二つの詩的主体の関係について、いったい何が語れるというのだろう。

*

ただ、平行読書のまにまに参照される伝記的事実、もしそれに拠るなら、二人のあいだにも共通点がないわけではない。同じ東北の出身である、同じ地主階級からドロップアウトした蕩児である、などなど。余談になるが、今年（一九九九）の夏、いわき市の草野心平記念文学館で、「詩の東北――賢治、心平、そして……」というフォーラムが行われた。「詩の東北」とは、もちろん中沢新一の『哲学の東北』のもじりである。パネリストのひとりだった私は、「そして……」のところに尾形亀之助を入れることはできないだろうか、と繰り返しひそかに考えた。発言にまでは至らなかったが、詩の東北ということを、広く近代日本語詩のポスト・コロニアル的なへりと考えるなら、亀之助も、近代詩の零度ともいうべきその独特の書法によって、そうしたへりの一角を生きたのではないか、そんな気がしてならなかったのだ。

伝記的事実のなかでもとりわけ目立つのは、たぶん草野心平が誘ったのだろう、詩誌「歴程」創刊時のメンバーに尾形亀之助も名を連ねているということだ。「歴程」の創刊は一九三五（昭和十）年五月。ちなみにほかの創刊同人の名前を記しておくと、岡崎清一郎、高橋新吉、中原中也、菱山修三、土方定一、逸見猶吉。そしてもうひとり、宮沢賢治が、物故同人というかたちで参加していた。

詩の東北。賢治と心平がそうであったように、心平と亀之助もまた詩友だった。最初に出会ったのはいつのことなのか、年譜をみると、一九二五（大正十四）年の項に「十一月、第一詩集『色ガラスの街』刊行。神楽坂で出版記念会が開かれ、高村光太郎、草野心平らと知る」とある。これも余談になるけれど、今回年譜を読んでいて、当時の、いやいつの時代にも共通の、というべきか、詩人たちの交友の狭さに唖然とさせられた。それはそのままスキャンダラスな男女の相関図に重なるのである。たとえば亀之助の最初の妻タケは、「酒と怠惰に耽溺する夫を理解できず、ひそかに大鹿卓と心を通わせ離別を決意」するのだが、この大鹿卓という名前にうっすらとした見覚えがあり、調べてみたら、そう、金子光晴の弟ではないか。その金子光晴の妻、森三千代の姦通の相手だったのが、さきに名を挙げた「歴程」創刊時のメンバーのひとり土方定一であり、さらにいえば、光晴と同じ「歴程」の遊星的な同人吉田一穂も森三千代のかつての恋人だったわけだから、光晴を含むこの三人は、今風の言葉でいえばマラ兄弟ということになる。

＊

話を元に戻して、心平と亀之助は、詩誌「歴程」の創刊メンバーだった。二人について書けという編集部の要請も、このあたりの事情を踏まえてのことだろう。何か面白い共通項が、ないしは相互影響があるはずだ。ところが、「歴程」の同人だったということは、たとえば「詩と詩論」や「四季」の同人だったということとはかなりニュアンスを異にする。運動体としての「歴程」は、周知のように、マニフェストもなく共通の理念も希薄な、つまりはきわめてルーズなものだったからだ。そのルーズさが、ほかのグループにはみられないような、驚くほど多彩な個性を呼び寄せることになったとしても、そこに詩を書く者の共同体という以上の意味を求めることはかなりむずかしい。

ただ、それにしても、才能の発見にかけては独特の嗅覚をそなえていた心平が、たんなる友人であったというだけで、「歴程」に誘うはずもない。心平は亀之助のどこに惹かれたのだろう、詩人としてのどこに。そんなふうに問いを立ててみることは可能である。

手元にある草野心平自身の証言としては、思潮社版『尾形亀之助全集』に「あとがき」として添えられた文章、およびその付録「尾形亀之助資料」に収められたいくつかの文章がある。そのうちのひとつ、昭和四年に書かれたものでは、詩集『雨になる朝』から、

街が低くくぼんで夕陽が溜つてゐる

遠く西方に黒い富士山がある

という二行詩「十一月の街」を引き、この詩集の「最大の収穫」と称賛しているところが、いかにも「富士山」の詩人らしい。しかし、私がこだわりたいのは「あとがき」のほうだ。二人の出会いからもまた亀之助の死からもはるかな後年、還暦を越えた詩人が、ホノルルからの機中で亀之助の特異な作品「おまけ　滑稽無声映画「形のない国」の梗概」のことなどを想起している。その末尾でかつての詩友の死に触れ、つぎのように書く。

その死は彼の最後の作品「雨ニヌレタ黄色」や「大キナ戦」につづく状態として暗鬱極まるものと想像してたが、あとで実際の話をきくと自分が予想してたよりもひどく沈潜痛切なものであった。沈潜痛切などというのは甘すぎる程の、言葉などのない、また空気すらもないようなまるで真空の世界であることを知った。

「作品につづく状態として」死があるという言い方が、変といえば変だ。出来事ではなく、状態としての死。逆方向からいえば、作品は死を準備するもの、いや死と同質な「状態」である、ということにもなろうか。たしかにこの詩人の懶惰で無頼な生とその文学の営みは、それ自体が緩慢な自殺のようなものであったろうし、それにもまして、「言葉などのない、また空気すらもないようなまるで真空の世界」――それはそのまま亀之助の詩の世界のことを言い当てているような気がするのである。

工場の煙突と　それから
もう一本遠くの方に煙突を見つけて
そこまで引いていつた線は

唖が　街で
唖の友達に逢つたような

（「音のしない昼の風景」）

音の伝わらないまさに真空のような世界。詩すなわち死。日本近代詩史にあって、尾形亀之助の作品においてほどこの同音異義が意味深く響くことはないようにさえ思われる。第一詩集『色ガラスの街』はまだしも、第二詩集『雨になる朝』になると、もう象徴もなければメタファーもない。韻律もない。端的に言ってそこにあるのは、詩の死なのである。詩的エクリチュールは可能なかぎり縮減させられ、冒頭でも指摘したように、ただ事実の記述だけに向けられたのっぺらぼうな線となる。たとえば最初に引用した「白」という作品、あるいはその続編ともいうべき、「いつまでも寝ずにゐると朝になる」という人を喰ったようなタイトルの作品——

眠らずにゐても朝になつたのがうれしい

消えてしまつた電燈は傘ばかりになつて天井からさがつてゐる

『色ガラスの街』から『雨になる朝』へと、詩人がその気の滅入るような平板な口語的日本語に定着しようとしたのは、おそらく、フランス語でいう il y a（「在る」）の世界に近いものであったろう。不眠の夜に、でなければぼうつらうつらとした昼に、「存在者」を剝くようにしてあらわれるナンセンスで不気味な「存在」の世界。あるいは、尾形亀之助は日本近代詩のアルテ・ポーヴェラ（「貧しい芸術」）である。アルテ・ポーヴェラ？ 現代美術史上のこの概念が詩の世界に適用されているのをみたのは、たしか六、七年前、浜田優と北條一浩が自らの詩のプログラムについて述べた共同のエッセーにおいてだったと思うが、それよりもさらに以前、富岡多恵子が鈴木志郎康について語った文章のなかにみつけたような記憶もある。たしかにある時期からの鈴木志郎康の詩は、あえて貧しさをえらびとったかのようなたたずまいをしている。そしておそらくその貧しさは、尾形亀之助を読んだことのまぎれもない痕跡である。またまた余談になってしまったけれど、そんな気がする。

もちろんこうした詩の死、詩すなわち死は、状況論として持ち出されてきているようなそれではない。亀之助が彼なりに旺盛な創作活動を示したのは、大正の末から昭和の初めにかけてであり、現代詩が、いうなればまだ十分に若い頃であった。「詩は死んだ、詩作せよ」などというねじれた命法がひびいていたわけではないのだ。にもかかわらず、まるでひからびた胎児のように、死が実現されてしまっている。死の欲動がそのまま詩のたたずまいになってしまった、とでもいえばよいのだろうか。しかしまた、それゆえに、いつでもそれが詩のエロス的な発生にも転じてしまうような死、でもあるのだ。

午後になると毎日のやうに雨が降る
今日の昼もずいぶんながかつた
なんといふこともなく泣きたくさへなつてゐた

夕暮
雨の降る中にいくつも花火があがる
（「雨日」）

すでに早い死を死んでいて、しかしそれだけに純粋な、むきだしの、何の加工も施していないような詩の萌芽の状態。死すなわち詩。心平はそこに、その反転可能性に惹かれたのではないだろうか。亀之助と心平の関係は、さながら死の欲動とエロスとの関係であった、というように。

＊

繰り返そう。尾形亀之助は il y a の詩人である。あるいは日本近代詩のアルテ・ポーヴェラである。その「言葉などのない、また空気すらもないようなまるで真空の世界」に、『第百階級』の詩人が、「詩と詩論」系のモダニズム詩人や「四季」系の抒情詩人を素通りして共感と友愛の手を差し延べたとしても、ゆえなしとしない。それというのも、注意深い読者なら、心平詩もまた単純な生命賛歌などではないことに気づくだろうからだ。そこには深く死が浸透している。よく引き合いに出される「ヤマカガシの腹の中から仲間に告げるゲリゲの言葉」を、ここでもやはり引用しておかなければならない。

痛いのは当りまへぢやないか
声をたてるのも当りまへだらうぢやないか
ぎりぎり喰われてゐるんだから
(中略)
死んだら死んだで生きてゆくのだ
おれのガイストでこいつの体を爆破するのだ
おれの死際に君たちの万歳コーラスがきこえるやうに
ドシドシガンガン唄つてくれ
しみつたれ言はなかつたおれぢやあないか
ゲリゲぢやないか
満月ぢやないか

十五夜はおれたちのお祭りぢやないか

今風にいえばたしかにエコロジーの思想であり、蛙をして生態系を貫く食物連鎖について語らしめているようなところがある。それはそうだが、「死んだら死んだで生きてゆくのだ」のレベルはもう少し高い。あるいは、これもよく引かれる「青イ花」という詩を想起してもよい。

トテモキレイナ花。
イッパイデス。
イイニホヒ。イッパイ。
オモイクラヰ。
オ母サン。
ボク。
カヘリマセン。
沼ノ水口ノ。
アスコノオモダカノネモトカラ。
ボク。トンダラ。
ヘビノ眼ヒカッタ。
ボクソレカラ。

忘レチャッタ。
オ母サン。
サヨナラ。
大キナ青イ花モエテマス。

この詩の制作年代を考慮すれば、戦争で死んでゆく若者たちの姿が背後に想定されていることはまちがいあるまい。だがそれもエコロジーと同じことである。自明のことだ。その自明を越えて、「大キナ青イ花モエテマス」のレベルがある。

そのような、社会批判や歴史性を孕みつつもそれに限定されない『第百階級』的レベル、それをひとことで言うなら、大地的な精神の共生、ということになろうか。ここで共生とは、死の可能性をともに分かつということであり、またそれゆえの絶対的な自由への権利が分かつということである。大岡信の炯眼がすでにこのことを捉えていた。その『蕩児の家系』に収められた草野心平論のなかに、「この驚くべき生活の天才は、同時に、並はずれて大きな、死への願望を持ちつづけているようにみえる」とあるからだ。さらに、「歴程」グループ全体にも触れて、「これらの人々は、むしろ詩をその発生現場でとらえ、言語化するという作業に、「意識的」に腐心した人々であった」とも。この「並はずれて大きな死への願望」と「詩をその発生現場でとらえ」ようとする嗅覚が、心平をして亀之助の発見に向かわせたのではないだろうか。

こうして、心平は亀之助に、詩すなわち死の呼吸を見ていた、その呼吸はしかし、同時に、死すなわち詩の呼吸、つまり詩の発生をもっともミニマムかつ極限的に捉えることにも通じていた。心平が詩人としての亀之助に惹かれていたのは、何にもましてそのためである。わが並行読書の落ち着くさきは、どうやらそのあたりになりそうだ。けだし、もっとも大地的な、もっとも激しい生の肯定は、およそ地球外のような絶対的な死の世界を、みずからのひそかな支持体として希求するものであろうから。ダークマター、そこからまた生命は生まれる。二人の詩集のタイトルをそれぞれ借用して言うなら、「雨になる朝」に「母岩」は輝く、ということになる。

＊文中の草野心平の詩の引用はいずれも『草野心平全詩景』に拠った。後に改稿されたものもあるようである。

Ⅲ 詩のガイアをもとめて〈現代詩篇〉

吉岡実、その生涯と作品

Ⅰ　生涯

1　生誕から詩に目覚めるまで

吉岡実は、一九一九（大正八）年四月十五日、東京市本所区中ノ郷業平町に、父吉岡紋太郎、母いとの末子（四人兄弟姉妹の三男）として生まれた。父は明徳尋常小学校の用務員であった。つまり詩人の出自は、東京下町のまぎれもない庶民層である。家には一冊の本もなく、少年期の読書はもっぱら図書館や友達の家で行われたという。詩人が終生貫いた慎ましい生活態度や、どこか職人気質を思わせる詩作のありかたは、そのような出自にも関係しているだろう。また、末子として両親に可愛がられ、幼少の頃から浅草の宮戸座やオペラ館といった大衆文化のメッカに連れて行かれたという。

一九三二（昭和七）年、十二歳の実少年は本所高等小学校に入学し、一家もまた東駒形の二軒長屋から厩橋の四軒長屋へと移った。長屋の二階には佐藤樹光という、のちに書家佐藤春陵となる東北出身の青年が住んでおり、実少年は彼に感化されて文学に親しむようになったようだ。一九三四（昭和九）年、年譜によれば、本所高等小学校を卒業とともに、本郷の医書出版南山堂に奉公とある。盆と正月以外には親元に帰れない小僧生活であったが、庶民の子弟としてはごく普通の人生のルートであったろう。夜間には向島商業学校に通わされたが、これは中途退学した。というのも、そのころからすでにかなりの文学少年になっていたようで、北原白秋、石川啄木、佐藤春夫、芥川龍之介、山本有三、志賀直哉らの作品を読むとともに、みずから、白秋の『桐の花』を模倣した短歌を作り始めている。

さらに十八歳になると、詩人は、版画家の知人宅で見たピカソの詩に啓示を受ける。その詩はおそらく瀧口修造訳で「みづゑ」に掲載された「詩を書くピカソ」であろうとされるが、これが吉岡実における詩との出会いである。それがそのままモダニズムとの、あるいはシュルレアリスムとの出会いであったことに、すでにしてこの詩人の本質が予告されている。彼はさらに、日本のモダニズムの成果である北園克衛詩集『白いアルバム』や『左川ちか詩集』を読むようになる。みずから詩作も始めていたかもしれない。

2　戦争のさなかの青春

しかし、モダニズムとともに、戦争の足音が迫っていた。一九四〇（昭和十五）年初夏、二十一歳の吉岡実は、臨時召集を受けて目黒大橋の輜重隊に入隊する。生死まさに期しがたいと感じた詩人は、それまで書きためた詩稿を整理し、「うすつぺらな一冊のノオトの詩集」として友人に託した。それが、招集解除後に、草蟬舎を発行元として自費出版した詩歌集『昏睡季節』である。

翌一九四一(昭和十六)年六月、今度は正式の召集令状を受けた。詩人は、前年の『昏睡季節』のときと同じように、遺書のつもりでまとめた詩集『液体』を兄と友人に託し、麻布三連隊(陸軍歩兵部隊第三連隊)に入隊する。外地への配属を目前に控えた面会日、母から差し出された茹で卵を衛兵に隠れて慌ただしく食べたと、のちに詩人は回想している。それが母との永久の別れとなった。また、卵といえば、吉岡実の詩的世界をかたちづくるまさに原型的なイメージのひとつである。面会日の数日後、リルケ『ロダン』ほかを奉公袋に収め携え、詩人は満州に出征する。十二月、事実上の処女詩集『液体』百部が、草蟬舎より刊行された。そのNo.77と番号の打たれた一冊を、詩人は酷寒の満州で受け取ることになる。

四一年から四五年まで、吉岡実は、一兵卒として大陸で軍隊生活を送った。それがどれほど過酷なものであったか、想像に難くないが、ただ、輜重兵として大半は馬と過ごし、敵と戦うことはなかったようである。ともあれ吉岡の戦争体験は、同世代の「荒地」派の詩人たちのように、詩の倫理的側面を担うというようなものにはならなかった。むしろイメージの次元で、たとえば精悍な馬の姿を取って、吉岡ワールドの深部に影を落としつづけるのである。

3 戦後詩への登場と第一のピーク

一九四五年、吉岡実は朝鮮済州島で終戦を迎え、復員した。一面の廃墟となった東京で、兄と生活をともにしながら、生業としては出版社勤務が再開される。西村書店を振り出しに翌年には東洋堂に移り、柳田国男の本などを担当したあと、さらに数年後の一九五一（昭和二十六）年には、その東洋堂も辞め、知人の口添えで筑摩書房に入社した。

そうしたなかで、深く静かに、吉岡実という希有な詩人の出現が準備されていった。「ただの一人の詩友もいない」という孤独のなかで、しかし吉岡は、ひそかな決意をもって、それまでたしなんでいた俳句から詩作へと創作行為をシフトし、同時に、前にもふれたが、卵という、詩に打ち込むにふさわしい意味深い主題系を発見してゆく。詩作の糧となる読書の幅も広がり、なかんずく、知人に貰った西脇順三郎詩集『あむばるわりあ』『旅人かへらず』を読んで、大いなる感銘を受ける。

一九五五（昭和三十）年、詩集『静物』私家版二〇〇部が、ついに刊行された。この決定的に重要な詩集の出版記念会は、しかしきわめてささやかなもので、詩集の装幀に因んで卵一個が会場の床の間に置かれ、同僚の詩人会田綱雄が集中の一篇を朗読したという。

『静物』は、これでもう最後の詩集にしようという、詩人にとっては覚悟の詩集であったが、当然のことながらその詩的達成を、一部の慧眼な人たちは見逃さなかった。たとえば飯島耕一である。二人は『静物』刊行後に運命的な出会いを果たす。飯島は、すでに「他人の空」を書いて新進の詩人として認知されていたが、『静物』を見せられて驚倒し、彼が参加していた「今日の会」に吉岡を誘う。それが縁で吉岡は、雑誌「ユリイカ」周辺の詩人や評論家を知るようになり、こうしてはじめて「詩友」を得て、また詩を書き始めようという気持ちになったのである。一九五七（昭和三十二）年、戦後現代詩を代表する一篇「僧侶」を「ユリイカ」に発表。一九五八（昭和三十三）年、はじめて試みた長篇詩「死児」を同じく「ユリイカ」に発表。そしてその年の十一月、それらを収めた詩集『僧侶』を書肆ユリイカより刊行し、詩壇に大きな衝撃を与えた。近現代の詩の歴史のなかに、かつてこのような超現実的世界が現出したことはなかったのである。この詩集に翌年の第九回H氏賞が与えられるに及んで、戦後現代詩における吉岡実の地歩は決定的なものとなった。いまや時の人となった彼は、飯島耕一、岩田宏、大岡信、清岡卓行といった錚々たる顔ぶれとともに同人誌「鰐」の創刊に参加し、また、書肆ユリイカの「今日の詩人双書」の一冊として、『吉岡実詩集』が刊行された。

この年は、私生活においても実りをもたらした。筑摩書房広告部の社員和田陽子との結婚がそれである。そのとき詩人四十歳という晩婚であった。記念に小歌集『魚藍』私家版限定七十部を刊行し、披露宴の出席者に配った。新居は渋谷区竹下町のアパートにかまえたが、ほどなくして、北区滝野川の公団アパートに転居した。

4　模索と停滞

一九六〇年代。高度成長期に入った経済社会を背景に、文化芸術の領域においては、アヴァンギャルドな傾向が百花斉放の趣をみせる。吉岡実も、おおむね快活な中年期を過ごしながら、そうした時代の空気を存分に吸い込んでいった。

だがそのまえに、一九六〇（昭和三十五）年、戦後の詩的青春の終わりを象徴するように、書肆ユリイカの伊達得夫が急逝した。吉岡実にとっても、大きな損失だったはずである。一九六二（昭和三十七）年、詩集『紡錘形』を、詩人はふたたび草蟬舎を発行元にして刊行したが、それはまだ『僧侶』の余韻のなかにある。

時代の空気とふれて吉岡の想像力が動き出すのは、六〇年代も後半に入ったあたりからである。まず、詩壇以外の交友のひろがり。敬愛やまざる俳人永田耕衣とはじめて対面したのをはじめ、澁澤龍彥や種村季弘といった評論家と知る。なかんずく、一九六七（昭和四十二）年、暗黒舞踏の土方巽と邂逅した意味は大きかった。草月会館で催された土方の作品「ゲスラー・テル群論」を観て衝撃を受けた詩人は、以後、足繁く舞踏の公演に通う。それはそうした舞踏作品から詩作の刺激を受けたというだけではなく、おそらく詩人は、自分がこれまで書いてきた詩的イメージの一部が、土方らの肉体を得て舞台上に現出したような印象をも抱いたであろう。

同年、全詩集的な『吉岡実詩集』が思潮社より刊行され、また「現代詩手帖」十月号で、特集「吉岡実の世界」が組まれた。また翌一九六八（昭和四十三）年には、同じ思潮社から、第六詩集『静かな家』とともに、現代詩文庫の一冊として『吉岡実詩集』が刊行された。こうしていまや吉岡は、押しも押されもせぬ現代詩の代表選手のひとりとして、広く認知されるにいたった。

ところが、まさにそうした時期、吉岡実は深刻なスランプに陥ってしまう。一九六九（昭和四十四）年、田村隆一編集の季刊詩誌「都市」に依頼されて書いた「コレラ」を最後に、ほぼ二年間にわたってほとんど詩を発表しなくなるのだ。ひとことでいうなら、一時的にせよ、いわゆる詩想の枯渇である。それはどんな詩人にも起こりうる危機だろう。そしてまた詩人によっては、無自覚的に自己模倣的な作品を発表しつづけることになるのだろうが、吉岡はそれを潔しとしなかった。休筆の理由をそのように推察することができる。

会社勤めの上では、一九七一（昭和四十六）年から筑摩書房のPR誌「ちくま」の編集を担当するようになる。また、前後するが、昭和四十三年の年末には滝野川の公団住宅から目黒区青葉台の松見坂武蔵野マンションに転居、そこが終の住処となった。

5 転回と第二のピーク

一九七二（昭和四十七）年、「ユリイカ」編集長三浦雅士のすすめで、同誌に一三〇行の連禱詩「葉」を発表し、詩作の再開が告げられる。さらに六月には、「別冊現代詩手帖・特集〈ルイス・キャロル〉」に、「ルイス・キャロルを探す方法」と総題を付して「わがアリスへの接近」と「少女伝説」の二篇を発表、スランプは完全に脱却した。この二篇は、吉岡に特有の窃視的なエロティシズムの横溢に、それまでの吉岡作品にみられなかった固有名詞の多用や引用という手法を織り込んだもので、吉岡実の復活とその第二のピークのはじまりを鮮やかに告げる意欲作であった。

一九七三（昭和四十八）年、「ユリイカ」で吉岡実特集が組まれた。また翌年には、詩集『異霊祭』が書肆山田より、詩集『神秘的な時代の詩』が湯川書房より刊行された。後者は、六七年から七二年までの作品をあつめたもので、低迷期の試行錯誤の跡が窺える。これとは対照的に、一九七六（昭和五十一）年に青土社から刊行された『サフラン摘み』は、世評すこぶる高く、同年の第七回高見順賞が与えられた。表題作のほか、前出の「ルイス・キャロルを探す方法」や「タコ」といった傑作を含むこの詩集は、『僧侶』と並ぶ吉岡実の最高峰であり、また日本現代詩の最高の達成のひとつに数えられる。詩集としては異例の売れ行きをみせ、その印税で詩人はポール・デービスの絵〈猫とリンゴ〉を入手したほどであった。

一九七八（昭和五十三）年七月、長年勤めた筑摩書房が、会社更生法を申請して事実上倒産した。それを機に詩人は、十一月十五日、装幀部門の重役の職にあった筑摩書房を依願退社する。二十七年半に及ぶ勤務であった。このあたりから詩人の晩期がはじまるとみてよいが、創作活動はいよいよ旺盛で、一九七九（昭和五十四）年には、みずから開拓した〈引用詩〉の豊饒な成果というべき詩集『夏の宴』を青土社より刊行した。

6 豊かな晩期

一九八〇年代。詩人は六十代に入っていたが、なおあらたに〈引用詩〉以後の詩境を模索しながら、まず、一九八〇（昭和五十五）年、拾遺詩集『ポール・クレーの食卓』を書肆山田から刊行し、ついで、二十数年間にわたる散文をまとめた随想集『「死児」という絵』を思潮社から刊行した。一九八二（昭和五十七）年には、師と仰いだ西脇順三郎逝去の報に愕然としたが、一方で、同人誌「麒麟」や「洗濯船」の若い詩人たちとも交流し、感性の陶冶を怠らない。一九八三（昭和五十八）年、あらたな詩境は、ついに詩集『薬玉』（書肆山田）となって結実した。この詩集には藤村記念歴程賞が与えられたが、選考委員会からは「二十世紀末日本からしか生れない世界に類を見ない独自に見事な詩業」と評価された。その後も詩人の詩精神は衰えを知らず、一九八八（昭和六十三）年には詩集『ムーンドロップ』を書肆山田より刊行し、またある座談会では、つぎなる展開として長篇詩への夢を語りさえした。海外への翻訳紹介も行われた。一九七八年には初の英訳詩抄『ライラック・ガーデン』（佐藤紘彰訳）が刊行され、また一九八五（昭和六十）年から八七年にかけては、滞日中のアメリカの詩人エリック・セランドによって、『薬玉』中の数篇が英訳紹介された。

だが、この希有な詩人に、死期は思いのほか早く訪れようとしていた。まず、八〇年代後半になると、相次ぐ肉親や友人知己の死に立ち会わなければならなかった。一九八六（昭和六十一）年、あの土方巽が逝き、翌年には澁澤龍彥が逝く。一九八九（昭和六十四）年には兄がこの世を去った。そうした喪を経験するうちに、詩人自身の心が弱り、肉体も衰えていったのである。

一九九〇（平成元年）、吉岡実は「文學界」一月号に詩「沙庭」を発表したが、これが最後の詩篇になった。また同じ頃、衰弱した身を押して道玄坂百軒店の道頓堀劇場に出かけて行ったが、これは長年親しんだストリップ・ショーの見納めとなった。四月、若き日の日記をまとめた『うまやはし日記』が書肆山田から刊行された矢先、詩人は目黒の東京共済病院で検査を受け、即刻入院の指示を受ける。その夜は遅くまで身辺整理をし、葬儀と作品刊行に関する遺志をメモとして妻に託したという。およそ一ヶ月の闘病ののち、五月三十一日午後九時四分、吉岡実は、急性腎不全のために永眠、七十一歳と一ヶ月半という生涯であった。

II 作品

1 前史

吉岡実は、生涯に十二冊の単行本詩集を刊行している。決して多作とはいえないが、充実した創作活動であったといえよう。本稿では、おおむね時間軸に沿ってそれらを俯瞰し、吉岡作品の生成と変遷について、またその特性と魅力について、さらにはまた、それが近現代詩の歴史において占めうる位置というものについて、考察していこうと思う。

まず、吉岡実の作品を主に時間軸に沿って俯瞰する場合、大きく三つの時期に分けて考えることができるように思われる。すなわち、戦前の二詩集、『昏睡季節』と『液体』とから成る初期、戦後になって書かれた『静物』『僧侶』を中心に、その後の二詩集『紡錘形』と『静かな家』を加えた前期、そして過渡期的な詩集『神秘的な時代の詩』をあいだに置いて、一九七〇年代後半に刊行された『サフラン摘み』と『夏の宴』、及び晩年の詩境を映し出した八〇年代の二詩集『薬玉』と『ムーンドロップ』とから成る後期である。後期はさらに、引用の詩学を全面に押し出した『サフラン摘み』『夏の宴』の時期と、その引用の詩学をも越えた言葉の自己組織的運動体ともいうべき『薬玉』『ムーンドロップ』の時期に分けることができるかもしれない。

初期については、吉岡実は戦後に真の詩的出発を果たしたとして、その作品の歴史から省かれることもあるようだが、ここでは一瞥をしておきたい。『昏睡季節』は一九四〇年、詩人二十一歳のときの習作的な詩歌集である。そのうち、自由詩の部分は当時のモダニズムの影響があきらかで、吉岡実の独自性というものはあまり認められない。続く『液体』は翌四一年の刊行で、出征を前に遺書のつもりでまとめたとされる事実上の処女詩集である。一段とモダニズムの影響が濃いが、同時に、戦後の吉岡ワールドをはるかに予感させるような詩行もあり、注目すべきであろうと思われる。たとえば、「失題」と題された詩のつぎの数行、

病犬の瞳孔を
無数の砲弾が通過する
(中略)
死産児の蹠より
敗戦した艦隊が出てゆく

ここには、戦争への不安が、しかしあくまでも具体的なイメージの喚起のうちに語られて、のちの吉岡実の詩法を予告するかのようだし、また「誕生」という詩のつぎの四行、

母胎が氷結する早晨
濁った血液の坩堝より
爬虫類に蔽われた太陽へ

一頭の青く濡れた馬かけのぼる

ここには、ありふれたモダニズムの模倣という以上に、吉岡ワールドの核心ともいうべき、エロティシズムとグロテスク趣味の混淆のうちに捉えられた女性的大地性が萌芽しているとみるべきである。その意味でこの四行は、吉岡ワールドのまさに詩的「母胎」の「誕生」そのものを告げているともいえよう。

2　卵の出現

だがもちろん、その「誕生」がそれにふさわしい詩の内容と形式を得るためには、戦中から戦後へと至るほぼ十年間の時間の経過を待たなければならなかった。まさしく、「詩とは経験である」（リルケ）のであろう。第三詩集『静物』——通例この詩集によって吉岡実は詩的出発を果たしたとされるのだが、それが刊行されるのは、じつに一九五五年、詩人三十六歳のときである。それだけに、『静物』はすでにしてひとつの達成であり、きびしく枝葉を払われた言語芸術作品としての風格を漂わせている。とくに印象深いのは、まさにエッセンスだけを抽出して詩集冒頭に置いたというような、四篇の「静物」連作である。この詩群に接するたびに私は、萩原朔太郎のあの『月に吠える』冒頭の「竹」連作を想起してしまう。最初の一篇は、つぎのような作品である。

夜の器の硬い面の内で
あざやかさを増してくる
秋のくだもの
りんごや梨やぶどうの類
それぞれは
かさなったままの姿勢で
眠りへ
ひとつの諧調へ
大いなる音楽へと沿うてゆく
めいめいの最も深いところへ至り
核はおもむろによこたわる
そのまわりを
めぐる豊かな腐爛の時間
いま死者の歯のまえで
石のように発しない
それらのくだものの類は
いよいよ重みを加える
深い器のなかで

この夜の仮象の裡で
ときに
大きくかたむく

このテクストには、吉岡詩の特徴のいくつかが、まさに雛形のようにあらわれている。絵画性、球体への嗜好、腐爛というテーマ、名詞構文的書法などである。

吉岡詩の視覚性ないし絵画性はしばしば指摘されるところだが、ここでも一幅の静物画を眼にしているかのような趣がある。あるいは、じっさいに何かの静物画を見ながら詩人はこの詩を書いたのかもしれない。年譜などをみればわかるように、吉岡実はひんぱんに展覧会などに足を運び、古今東西の美術を実にていねいに鑑賞している。そしてじっさいの絵画作品が吉岡詩のモチーフになることも、その後のたとえば「死児」や「サフラン摘み」といった作品がそうであるように、しばしば起こる。

だが、吉岡実はただ見る人にとどまるのではない。詩人のまなざしはとくに果実に注がれているが、それはこの詩人の想像力のうちに、やみがたい球体への嗜好があるからであろうと思われる。その凝視のうちに、対象からある潜在的な時間の流れが引き出される。それが、「音楽」への言及を経てあらわれる「めぐるゆたかな腐爛の時間」である。球体という空間性に腐爛という時間性が結びつくとき、そのときこそ吉岡ワールドが始まるのであり、「ときに／大きくかたむく」というような運動性が孕まれもするのである。

文体的には、簡潔な漢文脈をベースにしている。そして、詩行が球体や腐爛といった主題系の要に及ぶそのたびに、言葉はシンタックスの流れから浮き上がるようにその部分だけ独立し、かつ、名詞止めになって強調されている（「あざやかさを増してくる／秋のくだもの」および「そのまわりを／めぐる豊かな腐爛の時間」）。その結果、かつて鈴木志郎康が的確に指摘したように、「文としての意味は曖昧になるが、逆に言葉がイメージを呼び込みやすくなる」。吉岡実の言葉が強いイメージ喚起力をもつのは、そうした文体的効果にもよるのである。形と意味とは間然することなくぴったり寄り添い、ひとつの音調的かつ視覚的なリズムをつくり出しているともいえる。この書法は、しばしば、吉岡実の詩句の俳句性として語られることもあるようだが、より普遍的な場からいえば、形と意味との、なんと本質的に詩的なエコノミーであろうか。

ところで、この詩に兆した球体への嗜好は、すぐさま、連作の二番目で「その皿のくぼみに／最初はかげを／次に卵を呼び入れる」と置き換えられ、さらに連作の最後のテクストでは、「ただ一個の卵はそのまま／窓の卓に置かれている〃そこには夜のみだらな狼藉もなく／煌々と一個の卵が一個の月へ向っている」という詩行を得る。あまりにも名高い、吉岡ワールドにおける卵のイメージの誕生である。またそのあとすぐ、そのものずばり「卵」と題された短い詩がつづき、そこで卵はつぎのような決定的な場所と様態において置かれることになるのである。

神も不在の時
いきているものの影もなく

死の臭いものぼらぬ
深い虚脱の夏の正午
密集した圏内から
雲のごときものを引き裂き
粘質のものを氾濫させ
森閑とした場所に
うまれたものがある
ひとつの生を暗示したものがある
塵と光りにみがかれた
一個の卵が大地を占めている

なぜ卵は、吉岡実の詩的世界において、このような特権的な位置を占めるにいたったのか。もちろん第一には、諸家の指摘するように、それがこの詩人独特の球体への嗜好に見合うからであり、また卵は、固体と液体、硬く無機質の外皮と柔らかく生命にあふれた内部という両義性が、あやうい均衡のうちに実現されているオブジェだからである。そのようなものとして卵は、のちに「桃」や「紡錘形」や「薬玉」へと変容し、さらには四方田犬彦の分析した吉岡的な海洋生物とも連動して、吉岡ワールドにおける一大主題系の核をなしているとみることができる。

だが、それだけではないような気がする。この点についてもっとも深く掘り下げた議論を展開しているのは、秋元幸人の大部のモノグラフィ『吉岡実アラベスク』であろう。その「吉岡実が《卵》を置く場所」という章において、秋元氏は、公開された詩人の日記のなかの、「或る場所にある卵ほどさびしいものはないような気がする。これから出来るかぎり〈卵〉を主題にした詩篇を書いてみたいと思う」という一九四七年夏の記述から、「麻布の兵舎で母と最後に会ったとき、母が持ってきてくれたのも茹で卵だった。十五分ばかりの面会。母の前で私は三つばかりの茹で卵を食べてしまった」という母との永訣を回想する記述へと遡行し、つまりは卵のモチーフと亡母憧憬とを結びつけている。

傾聴に値する見方だと思う。卵は母なる存在が産み出したオブジェではあるが、同時に、みずからを産み出したその母なる存在を暗示し、あるいはそれと癒合しうるのである。私はこの見方をさらにすすめて、卵を、女性的大地性の象徴として、あるいはさらに、詩を産み出す母胎、私なりの用語でいえば詩的ガイネーシス、松浦寿輝の卓見に従えば「女陰という文学機械」の最初の兆候として捉えておきたい。なぜなら、吉岡ワールドは、一方で諸家の指摘するように、球体や軟体の精妙な博物誌的テーマ系を繰り広げながら、同時に、とくにその中期以降に顕著であるように、なかばそのテーマ系の上に重ねるようにして、窃視的なエロティシズムと母性棄却的なグロテスク趣味とからなるイメージの織物をあからさまに開陳してゆくからである。そのいわば扇の要の位置に、卵は置かれているのである。

3　超現実

詩集『静物』の最後には「過去」という作品が配されている。シュルレアリスティックな手法と実存の不安とが見事に融合した傑作であり、つぎの詩集『僧侶』への橋渡しのような役割を果たしているので、ぜひとも全行を引用しておきたい。

その男はまずほそいくびから料理衣を垂らす
その男には意志がないように過去もない
鋭利な刃物を片手にさげて歩き出す
その男のみひらかれた眼の隅へ走りすぎる蟻の一列
刃物の両面で照らされては床の塵の類はざわざわしはじめる
もし料理されるものが
一個の便器であっても恐らく
その物体は絶叫するだろう
ただちに窓から太陽へ血をながすだろう
いまその男をしずかに待受けるもの
その男に欠けた
過去を与えるもの

台のうえにうごかぬ赤えいが置かれて在る
斑のある大きなぬるぬるの背中
尾は深く地階へまで垂れているようだ
その向うは冬の雨の屋根ばかり
その男はすばやく料理衣のうでをまくり
赤えいの生身の腹へ刃物を突き入れる
手応えがない
殺戮においては
反応のないことは
手がよごれないということは恐しいことなのだ
だがその男は少しずつ力を入れて膜のような空間をひき裂いてゆく
吐きだされるもののない暗い深度
ときどき現われてはうすれてゆく星
仕事が終るとその男はかべから帽子をはずし
戸口から出る
今まで帽子でかくされた部分
恐怖からまもられた釘の個所
そこから充分な時の重さと円みをもった血がおもむろにながれだす

いかがであろうか。戦慄的なイメージの重畳は、まるでシュルレアリスムの映画をみているようだが、その果てに流れる血、この「充分な時の重さと円みをもった血」もまた卵の変容のひとつであり、卵内部のたぶんに血なまぐさく豊かな実質が流れ出たものとみなすことができる。
そうした想像力の運動を全面的に展開した詩集『僧侶』は、前期吉岡実の頂点をなす詩集であり、幾多の秀作や問題作を含んでいる。中国での軍隊生活を想起しつつ、人馬一体の生の躍動をうたった「苦力」、「死児」というイメージにみずからを託して、詩的想像力による「わが戦中戦後」の構築を企てた長詩「死児」、「桃」をめぐるいかがわしくもみずみずしいエロティシズムが印象的な「感傷」、そしてとりわけ、作者吉岡実のみならず、戦後現代詩全体をも代表する一篇となった表題作「僧侶」などである。ここでは「僧侶」を取り上げてみよう。全体は九つのパートに分かれ、そのすべてが「四人の僧侶」という名詞止めで始まっている。

四人の僧侶
庭園をそぞろ歩き
ときに黒い布を巻きあげる
棒の形
憎しみもなしに
若い女を叩く

こうもりが叫ぶまで
一人は食事をつくる
一人は罪人を探しにゆく
一人は自瀆
一人は女に殺される

冒頭のパート1のみを引用した。以下同様に、無用な接続詞などを排した説話的な語り口を借りて、四人の僧侶の日々の行動が語られてゆく。ただし、総じて時間の因果的な連続性には乏しく、パート1から9まで、むしろ順不同に並置されている感じである。それぞれのパートはある意味できわめて絵画的だから、読者はさながら、『僧侶』という画集をばらばらにほぐして見ているような印象をも合わせもつことだろう。

それにしても奇怪な僧侶たちである。破戒僧と呼ぶのもためらわれるほど、愚行や悪行のかぎりを尽くし、しかもそのうちの一人は「死んでいる」のである。死んでいるのにゾンビのように生の側に紛れ込み、生を擬態したりからかったりしながら、最後には他の三人をも死に引きずり込んでしまう。結末のパート9を引用しておこう。

四人の僧侶
固い胸当のとりでを出る

生涯収穫がないので
世界より一段高い所で
首をつり共に嗤う
されば
四人の骨は冬の木の太さのまま
縄のきれる時代まで死んでいる

詩人自身はこの作品を「人間不信の詩」と自解し、また清岡卓行は、「人間の根源的な欲望や悪徳について、僧侶たちが奏でる弦楽四重奏」と評した。まさしくその通りであろう。そのうえで私の見解をつけ加えるなら、そうした否定的な意味を貫いて、ポエジーという名の、あえていうなら快活な笑いが響いているように思う。

またここには、とりわけ「深夜の人里から押しよせる分娩の洪水」といった箇所に、将来詩的ガイネーシスへと還流するグロテスク趣味——ジュリア・クリステヴァの概念を借りるなら、文学体験としてのアブジェクシオン（精神分析学的に言えば、いまだ前エディプス的主体が、おぞましくも魅惑的な母性的なるものを棄却することによって、想像界的な混沌から象徴界的な秩序へと超え出ること）が兆しているように思われる。

六〇年代に刊行された二冊の詩集、『紡錘形』と『静かな家』の二冊は、ほぼ『僧侶』の延長線上にあるといってよい。違いが生じているとすれば、『僧侶』の緊迫した詩行のかわりに、いくぶんくつろぎ、自在になった語り口がみられるという点であろうか。そうしたなかで、「下痢」「劇のための卜書の試み」「桃——或はヴィクトリー」「やさしい放火魔」「孤独なオートバイ」といった佳篇を挙げることができる。

「下痢」は、吉岡作品にはめずらしく、「ぼく」という一人称主語を全面に押し出した詩で、それまでもっぱら透徹した視力の持ち主としてむしろ事物に叫びを上げさせる存在であった吉岡的主体が、「ぼくは下痢する　のぞむところでなく　拒む術もなく　歴史の変遷と個人の仕事の二重うつしの夜にまぎれて　ぼくは下痢する」と、実存のなまなましい叫びを上げている。「劇のための卜書…」は、家具調度が伸びたり縮んだりする様子を語るユーモラスな作品だが、そこに呼び込まれる父母兄弟の家族像は、はるか晩年の詩境に通じるものがある。「孤独なオートバイ」は、吉増剛造ら当時の若い詩人たちに刺激されて書いたとおぼしい、意欲的な実験作である。

だがこのあたりから、吉岡実の苦渋がはじまる。『静物』以来十数年にわたって、簡潔な文体に乗せて戦慄的な詩的イメージを提出しつづけてきた吉岡だが、さすがにいつまでも同じ書法の繰り返しというわけにもいかない。現代詩全般の動向も、隠喩やイメージの価値よりは、それらを運ぶ言葉そのものの存立面を問い始めていた。いうなればモダンからポストモダンへと、時代は大きく転回しはじめていたのである。七〇年代になって最初に刊行された『神秘的な時代の詩』は、そうした吉岡実個人の行き詰まりや時代の空気を反映して、さまざまな試行錯誤のあとが窺える詩集である。失敗作というのが大方の見方だが、吉岡実という、潔癖かつ進取な精神に富んだ詩人ならではの苦渋が、吉岡作品らしからぬあてのない言葉の拡散や疾走感として（「コレラ」という作品には、「春きたりなば／離魂／これから何処へ／浮遊せんとする‼」とある)、それこそまさしく「神秘的」に映し出されている。そういう意味では、愛惜すべき特異な詩集ともいえるのであって、詩人自身も、世評の低さに多少の不満を表明しつつ、この詩集にある特別な愛着を抱いていたふしがある。

4 想像力は死んだ、想像せよ

つづく『サフラン摘み』から、いわゆる後期吉岡実の世界が始まるとされる。この詩集は『僧侶』の詩人の甦りを祝するように、大きな反響と高い世評をもって迎えられた。しかしその実態は、いまだ過渡的な、古い吉岡実と新しい吉岡実とが混淆する雑駁とした詩的宇宙である。だからこその比類のない豊饒さがあるともいえるのだが、以下にこの詩集をやや詳しく紹介していこう。

古い吉岡実は、たとえばアンソロジーにもよく採られる表題作「サフラン摘み」にその最良の結実のひとつをみせている。テクストは、四つん這いになってサフランを摘む少年を描いたクレタ島の壁画を発想源にしている。そうして、「割れた少年の尻が夕暮れの岬で／突き出されるとき／われわれは　一茎のサフランの花の香液のしたたりを認める」、さらには「ぬれた少年の肩が支えるものは／乳母の太股であるのか／猿のかくされた陰茎であるのか」と、「ワイセツにして高貴な」(飯島耕一)吉岡ワールドにふさわしい展開をみせたあと、詩はつぎのように締めくくられる。

夕焼は遠い円柱から染めてくる
消える波
褐色の巻貝の内部をめぐりめぐり
『歌』はうまれる
サフランの花の淡い紫
招く者があるとしたら
少年は岩棚をかけおりて
数ある仮死のなかから溺死の姿を藉りる
われわれは今しばらく　語らず
語るべからず
泳ぐ猿の迷信を――
天蓋を波が越える日までは

「『歌』はうまれる」――詩がみずからの誕生を寿いだあとの、謎めいたこの終結部がひときわ印象的である。これらの華麗な言葉の組合せは、しかし必ずしもその意味するところ（たとえば少年と猿との関係）を明確にしていない。それらはむしろ、その言語自体の輝きにおいて、ポエジーという生まれたばかりの謎をさらに一段と深めるためにこそ存在しているかのようだ。

一方、新しい吉岡実はどのようにあらわれているか。上に引いた「『歌』はうまれる」という自己言及的な書法自体吉岡には新機軸といえるが、もちろんより大掛かりには、かの名高い引用の詩学とともに、である。七〇年代前半、詩作の行き詰まりを感じた吉岡にとって衝撃的であり、また打開のヒントになったのは、サミュエル・ベケットの「想像力は死んだ、想像せよ」という言葉であった。「想像力は死んだ」、つまり作家主体が湧き出る泉のようにイメージを産み出すような力は、それ自体オリジナリティの信仰にもとづく近代の幻想であり、いまや死んでしまった、あるいは死んでしまってもよい、だがそれでもなお「想像せよ」、たとえば他者の言葉を引用として取り込むことによって、複数の声から成る未聞の言語空間がひらかれるなら、そこに署名するあらたな主体として。おそらくそのように詩人は考え、打開の方向性を見出したのにちがいない。

具体的な作品としては、ルイス・キャロルの『鏡の国のアリス』を参照しながら、はじめて大量の固有名詞をテクスト中に織り込んだ「ルイス・キャロルを探す方法」、澁澤龍彦の散文からの引用が不思議な効果を生んでいる「示影針（グノーモン）」、土方巽の言葉を随所にちりばめて見事な双生児的対話を現出せしめた「聖あんま語彙篇」などである。

なお、松浦寿輝は、集中の「マダム・レインの子供」という作品を読み解きつつ、そこに、吉岡実独特のオブセッションである女陰という主題が「窃視者の欲望の対象から、イメージ産出の装置へと脱皮してゆく」契機、すなわち「女陰という文学機械」の誕生を見ている。重要な指摘であろう。そうした変容は、想像力から引用へ、モダンからポストモダンへという吉岡詩学の転回点と同期しているのである。

引用の詩学は、詩集『夏の宴』で全面開花するにいたる。冒頭に置かれた「楽園」の書き出しに、「私はそれを引用する／他人の言葉でも引用されたものは／すでに黄金化す」と高らかに宣言されている通りである。とくに注目すべきは、表題作「夏の宴」が、吉岡が師と仰いだ偉大な先達西脇順三郎に捧げられていることだろうか。そればかりではない。詩集全体が西脇的世界を意識して、拡散的遠心的にひろがっていくようなところがある。ただ、吉岡の本領はあくまでも一定の枠や軸を必要とする端正な世界であって、西脇的融通無碍とは本来相容れないものであろう。これ以上横広がり的に引用の織物を展開していっても、かえって単調になるだけではないか。詩人自身がそのように考えたとしても、不思議ではないような気がする。

5　詩的ガイネーシス

事実、詩人はふたたび方法の模索にとりかかるのだ。吉岡実は変わることを恐れない詩人である。形式面ではマラルメの『骰子一擲』やオクタビオ・パスの『白』、さらにはエズラ・パウンドやウイリアム・カーロス・ウイリアムズの作品を参照して、言葉の空間配分、具体的には階段状に詩行が上下する詩形を開発してゆく。また内容的には、古事記や柳田国男に分け入って、古代と現在、あるいは歴史と個人とをつなぐ神話の在処をさぐろうとする。

こうして創作されたのが、詩集『薬玉』であり、『ムーンドロップ』である。それらは真に驚くべきテクストである。「この詩集はいままでの作品とは詩形が異なり、ことばの塊をいわば

「楽譜」のように散りばめた、いってみれば「言譜」のようなもの。そのうえ、古語や仏教用語を多用し、祭儀的な世界を詩で試みている」と詩人自身は自作解説しているが、これを受けて、たとえば犀利な批評で知られる守中高明は、『薬玉』および『ムーンドロップ』に、デリダ的な意味での「パフォーマティブ」な言語実践を見て、「われわれは読むべく差し出されたものを見、見るべく差し出されたものを読まねばならないのだ」とこの二詩集のステータスを結論づけている（「吉岡実における引用とパフォーマティブ」）。

それはその通りであろうが、そうした読解不可能性を横断して、なお読みうる吉岡ワールドが貫かれていると私はみたい。それはむしろ、言葉の斬新な空間配分にさえぎられながらも、以前の吉岡詩よりも容易に辿れるぐらいである。ひとことで言うならそれは、家族の再召喚である。たとえて言うなら、秋の午後の、あたたかな西陽の差し込む家の庭に、家族が一堂に会している。呼びかけたのは詩人だが、彼はそう遠くない将来に死に召されるような年齢であって、そこで、死ぬまえにもう一度昔の家族に会おうとしたのだ。すると、兄や姉と一緒に、とっくに死んだはずの父母までもが出てきて、にぎやかというか懐かしいというか、彼らのあいだでなにやら祭儀のようなものが始まる。エロティックにしてグロテスクな。そして農耕的な。中心にいるのはもちろん亡母である。表題作「薬玉」の冒頭部分を引こう。

菊の花薫る垣の内では
祝宴がはじめられているようだ

祖父が鶏の首を断ち
　　　　三尺さがって
　　　　　　祖母がねずみを水漬けにする
父はといえば先祖の霊をかかえ
　　　　　　草むす河原へ
声高に問え　母はみずからの意志で
　　　　　　何をかかえているか
みんなは盗み見るんだ
　　　　たしかに母は陽を浴びつつ
　　　　大睾丸を召しかかえている

亡母は、卵 - 薬玉の主題系がそのまま肉をなしたようにあらわれ、詩的ガイネーシスとしての潜在的な生成の力に満ちている。その力は集中の傑作「青海波」にも読まれうるだろう。

月下はるけく
　　　（青海波《せいがいは》）
　　　　十重二十重と打ちつらなる
半円状の白い波がしら

〈鱶の泳法〉を試み
　　かつ乗り切る
〈生死循環〉の時間の中で
　わが〈永遠の母〉の聖俗性を伝えよ
それは遍在するだろう
　　〈顕世《うつしよ》〉に

それゆえ詩人は、亡母に迎えられると、あたかも死をくぐってもう一度生まれてくることができるような、幸福きわまりない恍惚の瞬間に捉えられるのである。『ムーンドロップ』の掉尾を飾る詩「〈食母〉頌」にいたると、タイトル自体、すでに言及したアブジェクシオンの身振りの乗り越えを意味するようで興味深いが（「食母」とは、母性を棄却するというよりも、むしろ取り込む行為である）、テクストの進行も、「〈一人の女が／〈奇妙な記号〉となる〉」と詩的ガイネーシスの権能があきらかにされ、さらにそれが女陰という文学機械（「あらわに見えて来る／〈膣状陥没点〉……」）に引き継がれたあと、つぎのように締めくくられる。

〈美しい緑の衝立〉の蔭から
　　産声が聞こえる
〈にがり〉と〈泡沫〉を浴びて

〈嬰児《みどりご》〉は生まれた
〈鉛に包まれた
黄金〉
のごとく
〈母〉なるものに抱かれている
〈外の面《とも》〉は明るく
〈かげろうは消え
蛇はかえってゆく
野の丈なす草むらに……。

かつておぞましきものとして母性を棄却した吉岡的アブジェクシオンの身振りは、いまやそれを、死と再生を司る女性的大地性として呼び戻すのである。これが吉岡実の詩の到達点であり、かつまた、消失点である。

最後に、吉岡実が占めうる詩史的位置について考えてみたい。吉岡は、年齢的には戦後詩の第一世代、つまり「荒地」グループの詩人たちと同じ世代に属していながら、詩壇への登場は遅く、その結果、自分とはひとまわりも年齢が下の、いわゆる「感受性の祝祭」の世代とさまざまな詩的活動をともにすることになる。この独特のねじれの位置は面白い。すなわち、「荒地」グループも吉岡も、戦前はともにモダニズムの影響下に詩的出発を遂げていた。周知のように、「荒地」

グループが、戦後詩の名の下に、そういうみずからのルーツであるモダニズムを、戦争に対して何ら抵抗の姿勢を示すことができなかったとしてきびしく断罪したのに対して、『僧侶』の詩人は、むしろ時間差を置いてかかるモダニズムを復権せしめたのだと言えよう。かくして戦後詩は、詩的言語と想像力の自由な飛翔へと解き放たれたのである。

だが、それだけではない。『サフラン摘み』以降の吉岡実は、本稿でもあきらかにしたように、詩のいわばポストモダンを体現したのだった。つまり吉岡実は、モダンとポストモダンと、二重の係争点にみずからを置いているのであり、その位置から、ポストモダン以降を生きるわれわれ後続の詩の世代へと、ひとつの大きな文学的遺贈を果たしているのである。さきに「静物」連作にふれて、朔太郎の「竹」連作を想わせると私は書いたが、じっさい、吉岡実は、「独断の譏りを怖れずにいえば、明治期における蒲原有明、大正・昭和前期詩における萩原朔太郎の位置を、昭和後期詩において占めることになるのではなかろうか」と高橋睦郎も予見しているし、あるいは、城戸朱理の言うように、「「吉岡実」を現在として生きること、それはとりもなおさず、今日に生きるわれわれの責務である」のかもしれない。

参考文献

1　テクスト

『吉岡実全詩集』筑摩書房、一九九六

現代詩文庫14『吉岡実詩集』思潮社、一九六八
新選・現代詩文庫110『新選吉岡実詩集』思潮社、一九七八
現代詩文庫126『続・清岡卓行詩集』思潮社、一九九五
吉岡実『「死児」という絵』思潮社、一九八〇／増補版、筑摩書房、一九八八
吉岡実『うまやはし日記』書肆山田、一九九〇

2　参考文献（本文に言及のあるもの）

鈴木志郎康『現代詩の理解』三省堂、一九八八
四方田犬彦「内部の貝と外部の袋——吉岡実の海洋生物学」（「現代詩手帖」十月号「特集・吉岡実」思潮社、一九八〇）
秋元幸人『吉岡実アラベスク』書肆山田、二〇〇二
松浦寿輝「後ろ姿を見る——『サフラン摘み』の位置」（「現代詩読本・吉岡実」思潮社、一九九一）
清岡卓行「吉岡実の詩」（『抒情の前線』新潮社、一九七〇）
守中高明「吉岡実における引用とパフォーマティヴ」（『反＝詩的文法』思潮社、一九九五）
高橋睦郎「鑑賞」（『現代の詩人1・吉岡実』中央公論社、一九八七）
城戸朱理・野村喜和夫『討議戦後詩』思潮社、一九九七

吉本隆明『固有時との対話』を読む

LISIERE から BLANK へ

スイスはローザンヌ近郊のラヴィニー村というところに来ている。そこにある「作家の家」という施設（シャトー）で執筆に専念するためだが、じっさい、おそるべき田園地帯で、書きまくるしかない環境だ。執筆の合間に、しかし毎日散歩に出る。おとぎ話に出てくるような美しい村の方へではなく、畑と森のほかにはなにもない道の方へ。とりわけ森と畑の境、フランス語でいえば LISIERE に沿って歩くことが好きだ。日本より強い（あるいは日本では失われてしまった）草の匂い、木の香りを思い切り吸い込む。いまの私にはそれが何よりも強壮の役を果たしてくれるような気がする。「夏の青い夕暮れには、小道にそって行こう、麦の穂にちくちく刺され、足裏には草のひんやりを感じながら」——ランボーの初期の詩句だ。私の歩いているこの LISIERE から、すぐにもランボーの詩的世界が始まりうるのであり、それは『イリュミナシオン』の謎までひと筋につづいている。そう、ランボーはむずかしくない。この LISIERE に立ち、歩きはじめればよいのだ。そんなことまで思いながら、繰り返し繰り返し、草の匂い、木の香りを吸い込む。田野で遊んだ子供のころの記憶が、体感としてよみがえってくるかのよう。ランボーに流れていた農民の血は、私にも流れているのだ。

＊

さて、吉本隆明である。旅に携行して、今回はじめて『固有時との対話』を読む機会にめぐまれた。もちろんこの言い方は正確ではない。私ぐらいの年齢の者は、理解できたかどうかは別として、若いときに一度や二度目を通しているはずであり、私もそうだ。前後して『転位のための十篇』を読み、そちらのほうが抒情詩としてのインパクトがあるから強く印象にとどまり、いきおい、『固有時との対話』は沈んでしまうことになる。読んでないも同然ということになる。で、今回はじめて読んでみて、不思議な印象を持った。『転位のための十篇』も併せて再読を果たしたのだが、こちらのほうはなつかしさが先に立ち、ご多分にも漏れず、

ぼくの孤独はほとんど極限《リミット》に耐えられる
ぼくの肉体はほとんど苛酷に耐えられる
ぼくがたふれたらひとつの直接性がたふれる
もたれあふことをきらつた反抗がたふれる

（「ちひさな群への挨拶」）

ああ高校生の自分はこんな詩句を「学生運動ごっこ」のヒロイズムの糧にしていたのだなあと思い出されるばかりなのに、『固有時との対話』はそうしたウエットな追憶とは無縁な分、なんとなく未来からもたらされたような気がするのである。依然としてろくな理解はできない。でき

ないが、伝わってくるものがある。時代がひとまわりしてしまったせいだろうか。9・11のあのグラウンド・ゼロの光景とふっと交錯するかと思われるようなパッセージもあるし、全体として、かつての変革の時代よりはいまの閉塞の時代にこそしっくりなじむような言葉と想念の束という気もしてくる。別の角度からいえば、『転位のための十篇』の抒情言語とはちがった詩的言語の可能性が示されているのでないかということだ。これは直観である。旅のさなかで資料もあまりなく、どれほど私のつたない説明で裏づけられるか知れたものではないが、とにかく書き進めてみよう。

*

繰り返すが、奇妙な時間錯誤というべきだろうか。ひとはふつう『固有時との対話』から『転位のための十篇』へと読む。じっさいに読んだ順序とは関係なく、そのような方向がいわばアプリオリに設定されてしまっている。前者の末尾に付された「少数の読者のための註」の呪縛もあるかもしれない。吉本的主体は、さながら教養小説の主人公のごとく、前者で「精神の内閉的な危機」を乗り越え、ついで、後者を書くことによって、「歴史的現実との対話」のほうへ文字通り「転位」し成長したことになっている。もとよりそれに異を唱えるつもりはないが、『固有時との対話』における、

けれどわたしがX軸の方向から街々へはいつてゆくと　記憶はあたかもY軸の方向から蘇つて

くるのであつた　それで脳髄はいつも確かな像を結ぶにはいたらなかつた

というような箇所を読んでいると、そこにみられる抒情言語の困難性やアイデンティティの惑乱が、あたかも『転位のための十篇』をまえもって否定的にふまえ、逆にそれをこそ乗り越えようとしているかのような、そんな錯誤に一瞬おそわれるのである。それはたぶん、いつからか私あるいは私たち自身が、「歴史的現実との対話」から「精神の内閉的な危機」のほうに逆「転位」しているからなのだろう。激動する社会情勢のなか、あたかも自己は世界と対峙しうるかのように、変革や反逆への意志をもって詩作し行動するというより、現実の光景としてのそれから象徴のレベルに至るまで、幾重にも折り畳まれたグラウンド・ゼロのうえで立ちつくし、そこであらためて自己の組成を探求するという癖が、いつのまにかできてしまっているからなのだろう。世界とのダイナミックな関係は失われてしまったが、自己そのものは、グラウンド・ゼロの干渉を受けて刻々と変化してゆかざるをえない。

＊

『固有時との対話』を一読して気づくことは、建築ないしは都市空間への言及がきわだっているということだ。冒頭部分を書き写してみよう。

街々の建築のかげで風はとつぜん生理のやうにおちていつた　その時わたしたちの睡りはおな

じ方法で空洞のほうへおちた

キリコの絵を思わせるような、がらんとした、人のいそうでいない、無機的な建築。だが、もちろんもっと抽象化されている。主体そのものではないが、主体を構成する主要素にはなっているといえそうな、そういう高い抽象性を帯びた建築。そうはいっても、建築は建築なので、若干の具体性を帯びてはいて、それがときどきかすれたフラッシュバックのように浮かび上がることもある。そのあたりが微妙なところで、つまり、それ自体主体と「物象」のあいだを揺れ動いているのだ。読者はだから、人間の顔に建築が二重写しとなっているような、かと思うと建築に人間の顔がだまし絵のようにはめ込まれているような、そういう印象をもつ。

だが、たとえば宇野邦一によって、「この建築は、引き裂かれた地平の廃墟に、霊のように生成され、自己に廃墟をもたらした世界に拮抗するようにして立っている。世界には存在する場所をもたないまま、世界の論理に従わない特異な構造をひそめ、崩壊した地平をさまようように立っているのだ。この建築は「固有時」とよばれる」と的確に読まれてしまっているこの建築について、このうえ何をつけ加えることがあろうか。

＊

ひとつ私がつけ加えることができるとすれば、それは詩学的な問いである。さきほど私は、キリコの絵を思わせるような、と書いたが、そうした主体と建築との関係を、詩的言語のレベルでいうとどういうことになるのだろうか。まずもって、イマージュとはいえないだろう。イマージュとは、なんらかの具体的な映像をいきいきと喚起する言葉の結合だが、ここではそういうことは起こらない。あるいは、慎重にさけられている。ここで私たちはキリコから決定的に離れることになる。キリコの絵から色を抜き取ってしまった世界といってもよい。イマージュの痕跡か残像のように、わずかにモノクロームな光と影とが認められるからである。

わたしたちは〈光と影とを購はう〉と呼びながらこんな真昼間の路上をゆかう　そしてとりわけ直線や平面にくぎられた物象の影をたいへん高貴なものに考へながらひとびとのはいりたがらない寂かな路をゆかう　何にもましてわたしたちは神の不在な時間と場所を愛してきたのだから

風と光と影の量をわたしは自らの獲てきた風景の三要素と考へてきたのでわたしの構成した思考の起点としていつもそれらの相対的な増減を用ひねばならないと思つた

これらの光と影はいったい何なのだろう。広く比喩形象にはちがいないが、では隠喩か。あらゆる比喩形象は多少とも隠喩であるから、それは否定できない。まして吉本隆明は、その詩論において隠喩（吉本風にいえば暗喩）を詩性の根本に据えた人だ。ふたたび宇野邦一の論考を参照しよう。『初期歌謡論』の「ひとつの対象を指す表現を途中で懸垂させ、ふたたび同じ対象をべつの視角から指すという屈折と反復の仕方に、律化の最初の動機をもってもよかったのである」という箇所を引きながら、宇野氏はつぎのように言う。「このような対象Xの詩学、反復の詩学、起源の詩学は、暗喩にたいしてある特権的な意味を見出した。なぜだろうか。起源は暗喩によってしか語られないだろうか。あるいは、「同じことを別の表現であらわす」修辞として、暗喩は反復の記号だからだろうか。そのためはっきりと同定しえない対象のまわりをめぐるからだろうか。たぶんそのいずれでもあるにちがいない。暗喩は直喩よりも古く、言語の起源をしるす語法だと吉本は考えているのだ。」その通りであろう。『固有時との対話』もまた、吉本隆明が、いわばおのれの詩の起源を記そうとした作品である。主体と建築との関係は、深く隠喩的であるといえる。だが、それだけだろうか。

*

資料がないので記憶にたよるほかないが、たしか田村隆一の初期の詩的世界にも、ひとつの意味深い建築＝都市が見られたはずだ。私はこのふたつの建築を比べてみたい誘惑に駆られる。同世代であり、同じ東京に住み、同じ戦争の荒廃のもとに詩的出発を遂げた二人であってみれば、もしかしたら面白い結果が得られるのではないか。

あてずっぽうにいえば、初期の田村隆一は、窓や椅子といった「物象」を通して、垂直性というおのれの詩的世界の核心を見出していった。ちょうど王朝文学の主人公たちが、廊下や簾や屏風を通して欲望の対象に近づいていったように。つまり求心的だ。主体と「物象」との関係は決して親密ではないが、それでも「物象」は、主体の切り立ったポジションと照応する位置を過不足なく占めており、その意味ではきわめて隠喩的であり、どころか、象徴的であるとさえいえる。窓や椅子は垂直性の象徴である。そう規定しても一向に差し支えないだろう。

ところが、「固有時」の建築、とりわけそこで織りなされる光や影は、主体ときわめて親密でありながら、そしてもちろん隠喩的な関係にありながらも、求心的とはいえない。田村の詩における窓や椅子のように、主体がそこを通ってひと筋に核心に辿り着くというふうではない。むしろ主体は、刻々と光と影の干渉を受けて歪み、屈折するばかりで、「固有時」から「転位」へのあの教養小説的な成長も、すくなくともこの建築、この光と影のなかでは起こらない。それらは不安定で、流動的で、言ってしまえばそこに、換喩的な関係が導入されている。なぜ換喩が流動的であるのかといえば、それは世界原理であるからだ。隠喩が言語の本質に根ざしているのに対して、換喩には世界の秩序や無秩序がそのまま反映している。

もとよりひとは建築に住まう。換喩の典型といえば内容と容器の関係だから（アメリカ政府という代わりにホワイトハウスというごとく）、建築が主体の換喩になるのはきわめて自然な成り行きである。そのうえ、ひとはじっさいに建築を出たり入ったりする。建築のほうが崩壊して消滅するということもある。世界原理なわけだ。関係は流動的で、逃走線といってもよい。

少し丁寧に『固有時との対話』を辿ってみると、前半は建築＝都市が隠喩的に、後半はしかし、どちらかといえば換喩的に取り扱われているような気がする。それを分けているのはたぶん、計量という概念だ。主体であり物象である光と影を計量しようというのである。この概念が登場して、テクストはいくぶんか様相を変え、ウロボロス的な堂々めぐりの言説からモノローグがふっきれてゆくような、そしてコーダ部分にむかってにわかに動きだすかのような印象を与える。計量がターニングポイントなのだ。ところで、主体がみずからを計量するということは、いわばみずからの外に出て、隠喩的で曖昧なみずからの本質を、計量できるなにかしらの外延に写像させるということだろう。つまり、いうなれば換喩的な変換である。

だが興味深いことに、この変換は一方向的ではない。そのことを端的にあらわしているのが、「固有時」という建築の第三の要素、風である。

風は計量されるべき対象であるだけではない。すでに鮎川信夫は、吉本隆明の膨大な初期詩篇「日時計篇」をめぐって、的確にもつぎのように指摘していた。「舗路を歩む現代のexileの思念を、ビルディングの影が縞目のように区切るというイメージは、特に「日時計篇」の後半に頻出しているが、彼は、支配的なシステムに対する激しい〈瞋り〉で悶絶せんばかりであり、そんなときに現われる〈風〉が感覚的にわずかな救いになっている。」この「感覚的にわずかな救い」を詩学的に言い直せば、風は、隠喩から換喩へという計量のパフォーマンスを、もう一度隠喩の方に戻す働きを担っているのだ。「固有時」の建築が容易に定位されないゆえんであり、またその魅力、広がりでありながら深さでもあるという眩暈的な魅力のよってきたるゆえんである。

＊

こうして、「固有時」の建築の精妙さは、隠喩と換喩が出会うまさにその地点の精妙さなのではあるまいか。「そしてわたしの無償な時間の劇は物象の微かな役割に荷はれながら確かに歩みはじめるのである」と作者がかたるときのその「物象の微かな役割」とは、この地点でのことを言うのではあるまいか。もっと正確に言うなら、建築は隠喩的関係から換喩的関係のほうにすべり出そうとしているのだが、同時に、換喩的関係から隠喩的関係にたえず繫ぎとめられようともしている。なぜなら、もし換喩的関係のままに際限もなくすべり出すと、ポエジーとしての深さ、あるいは詩の起源との臍帯を失ってしまうからだ。もしももじりが許されるなら、さきほど引いた「けれどわたしがX軸の方向から街々へはいってゆくと　記憶はあたかもY軸の方向から蘇ってくるのであつた」という箇所を、「けれどわたしが換喩の方向から建築にはいってゆくと、記憶はあたかも隠喩の方向から蘇ってくるのであった」と言い換えてみたい。この「記憶」こそ（鮎川信夫が指摘したように）風であるが、それはまた未知の方へと吹き抜けてゆくのでもあろう。建築を吹き抜けることによって、記憶は未知となり、未知は記憶となる。曲解かもしれないが、そのように思いたい。

＊

風はまた空隙、BLANKと言い換えてもよいのではないか。動く空隙、それが風だ。主体の顔貌としての「固有時」の建築は、動く空隙にひっきりなしによぎられて、だがつぎにはむしろその空隙こそがなにかしらのエネルギーを孕みはじめて、「固有時の恒数」を動かしてゆく、あるいは縞のように欠けた顔貌そのものを置き去りにしてゆく。そんなふうに私は夢想したいのだ。

それにしても、LISIERE から BLANK へ、ずいぶん遠くまできてしまったようにも思える。どちらもそれ自体は内実を誇らないまま、ある場のエネルギーを充塡されているという意味では、やや似ているとはいえるか。私はふたたび LISIERE を歩く。ランボーも独特の建築＝都市を夢見、詩に描いたが、それはちょうど、いま私の右手につらなって枝を広げている樹木のようなもの、つまり植物的な生成によるかのような建築＝都市であり、さらにいえば、自然そのものであった。ついでながら、私が当地で仕上げようとしている長篇詩作品も、そのタイトルを「街の衣のいちまい下の虹は蛇だ」という。ところで、『固有時との対話』のなかにも、一度だけこの自然という言葉が出てくることに気づいた。

時刻がくると影の圏がしだいに光の圏を侵していつた　そればかりか街々の路上や建築のうへで風の集積層が厚みを増してゆくのであつた　わたしはただ自然のそのやうな作用を視てゐるだけでよかつたのかどうか　滑らかな建築の蔭にあつてわたしのなかを過ぎてゆく欠如があつた

という箇所だ。生粋の都会人——鮎川信夫の言葉を借りれば「東京原人」——の感性がなければ書けないくだりだろう。『固有時との対話』に頻出する「寂寥」や「孤独」も、そういう感性と深く結びついているにちがいない。しかし、幼年がすべてを決定づけるとは考えたくないけれど、記憶の根のところでは田野のみどりか郊外の空無しか知らない私が、そうした「寂寥」や「孤独」に果たしてどれだけ共振しうるだろうか。陽の翳りのようなそんな思いのなかで、私はふたたびLISIEREを歩く。

（二〇〇三年七月、スイス、ラヴィニーにて）

「丘のうなじ」の詩学あるいは大岡信

『春 少女に』をめぐって

大岡信の詩集の中からどれか一冊選ぶとしたら、御多分にも漏れずこの詩人のすべてが胚のかたちで収まっている第一詩集『記憶と現在』は別格としても、その後の豊饒にして多様な作品の森のなかから、私はしかし躊躇なく『春 少女に』に白羽の矢を立てるだろう。それはつまり、はじめてこの詩集を手にしたときの印象があまりにも鮮やかだったという個人的印象に加えて、ある意味ではシンプルに徹したこの詩集の詩的宇宙を注視すれば、すっとそこから、あれこれと迂路を経ずに大岡詩学の、あるいは大岡詩学に代表される現代詩一般の核心にまで届きそうな予感があるからにほかならない。

『春 少女に』は一九七八年十二月に刊行されている。それからあまり間をおかずに私はこの詩集を手に取ったのにちがいなく、そのときの印象は、繰り返すがあまりにも鮮やかで、そう、たとえば映画をみていて、それまで暗かったスクリーンが突然明転して光の洪水となり、そこにヴィヴァルディの「四季」の春の楽章が響きだした感じ、とでも言えばいいだろうか。詩集冒頭の詩篇「丘のうなじ」は、

丘のうなじがまるで光つたやうではないか
灌木の葉がいつせいにひるがへつたにすぎないのに

と始まるのだが、同時にそのとき、私には見開きのページ全体が「まるで光つたやう」に思えたのだ。

なぜだろうかといま思い返してみるに、二行一連のレイアウトによる余白のあふれや、大きめの活字で踊る歴史的仮名遣いの新鮮さもさることながら、このいきなりの「うなじ」が効いたのではないだろうか。エロティシズムの喚起。「丘のうなじ」はもちろん隠喩なのであるが、「丘」と「うなじ」は等価に結ばれていて、通常の隠喩のように一方が主で他方が従という、あるいは一方が背後にあり他方がその代行として前面に出ているというような関係性を越えている。よく引かれる例だけれど、たとえば「時の翼に乗って悲しみは飛び去る」（ラ・フォンテーヌ）という場合において、あきらかに主は「時」であって「翼」は従、したがってそれ自体としては言葉の力をもちえていない。つまり「時の翼」からは誰もなまなましく具体的な鳥の飛翔のイメージを喚起したりはしないのだが、「丘のうなじ」はちがう。丘だけではなく、うなじをもイメージしてしまう。あるいはもっと正確に言えば、丘という大地のイメージにうなじという女体のイメージが重なって、そこに詩的としかいいようのない宇宙がひらかれるのである。

大地と女体。ここでふと想起されるのは、ポール・エリュアールの『愛すなわち詩』という長詩、なかんずくその、「大地は一個のオレンジのように青い」という人口に膾炙した一行で始まる詩章である。そこにおいて大地は愛する女性の体に重ねられ、夜から夜明けへの風景の推移は、そのまま愛の行為におけるエクスタシーの高まりとなってゆく。大岡信とエリュアールとの類縁は、すでに誰彼となく指摘しているだろうか、ならばここで蒸し返すまでもないが、ただしそれはたんなる影響関係を越えて、生来の想像力の質においてこの二人の詩人がきわめて似通っていることをこそ物語っているのである。

話を表現論に戻そう。エリュアールが出たついでにというわけではないけれど、「時の翼」から「丘のうなじ」へと至るこの隠喩の進化は、私見によれば、シュルレアリスムのたまものである。ごく若い頃から大岡信は、象徴派以降のフランス詩に親しんでおり、また一九五〇年代には、清岡卓行や飯島耕一らと「シュルレアリスム研究会」なるものを作って、本格的なシュルレアリスムの研鑽吸収にいそしんでいた。そうした成果が「丘のうなじ」にもあらわれているのである。もっと言ってしまえば、一九七〇年代の日本現代詩にあって、シュルレアリスム的隠喩がひとつのスタンダードとなったことの、これはきわめて端的なしるしとして読むことができる。みずからスタンダードを体現し煌めかせるとは、いかにも大岡信的なふるまいということになるのだろうか。「丘のうなじ」という表現からはさらに、詩集タイトルにあらわれた春という語ともはたらきあって、かつてのある大岡作品への参照を私に促す。『記憶と現在』に収められた「春のために」という詩である。

砂浜にまどろむ春を掘りおこし

おまえはそれで髪を飾る　おまえは笑う
波紋のように空に散る笑いの泡立ち
海は静かに草色の陽を温めている

『戦後名詩選』の解説のなかで私はこの四行を引用し、つぎのように書いた。「「砂浜にまどろむ春」、それもまた何らかの隠喩にはちがいないが、「感情の暴風雨」（田村隆一の詩句）のようにはっきりとした背後がうかがえるわけではない。言い換えるなら、「春」が何の隠喩かということは問題の前面から退いている。「春」は字義通りに「春」で十分であり、またそれを字義通りに「掘りおこし」たのである。背後の消失、表面の隆起。同じ伝で、「うなじ」は字義通りに「うなじ」で十分であり、それゆえにこそエロティシズムの喚起もなまなましいのである。

同時にしかしこの参照は、『春 少女に』がいかに深く大岡作品の歴史と結ばれているかも示している。『春 少女に』において詩人は、もう一度本格的にみずからの「春」を「掘りおこし」、記憶と現在とのへだたりを愛という至高点においてもう一度解消せしめようとしたのではないか。

というのも、この詩集を手にしたとき、ある違和の感覚にも捉えられたことを私はおぼえている。詩集刊行時、四十代後半の大岡信はすでにして大家の域に近づいていたはずである。そんな詩人が、よりによって『春 少女に』という、もろセンチメンタリズムとも誤解されかねないようなタイトルで、しかもそのタイトルの通りに全篇これ恋愛詩といっても過言ではないような詩集をなぜ世に問うのか。なぜ。

そのとき、ひとつの固有名が謎のように置かれていることにひとは気づく。いや、証のようにというべきかもしれない。詩集扉裏に記された「深瀬サキに」という献辞がそれである。深瀬サキとは詩人の妻のペンネームであり、作中にあらわれる「こひびと」そのひとと考えてさしつかえあるまい。このあからさまな私性への意志。形式がそれをさらに縁取る。『春 少女に』の特に前半部はほとんどが二行一連という詩形式になっているが、それはまるで余分なものは身から振り払おうとするエクリチュールの身振りそのもののようであり、とりわけ、恋人同士が一対になって向き合うその形姿そのもののようではないか。奇妙な言い方だが、その長い詩的歴程のなかで、おそらくただ一度だけこの詩集において、大岡信はいっそう大岡信であろうとしたのだ。古典とのつきあいを脇にのけ、「うたげ」と「孤心」とのありうべき往還のことも忘れて、ただひたすら、言葉のエロスをエロスの言葉に向き合わせるという、この詩人本来のエリュアール的な資質を存分に発揮することだけをもくろみながら。はたして成果はまぶしい一冊に結実して、これでよしとしたのか、以後詩人はそれまで以上に決然と伝統と現代との接点に戻り、そこに巨大でパブリックな存在としての「大岡信」を築いてゆく。あるいはむしろ、『春 少女に』の作者のほうをこそ、そのときだけいわば最良のマイナーポエットとして輝いた作者のほうをこそ、「大岡信」と括弧つきで表記すべきなのかもしれないが、同じことだ。

そのような確認のもとに、もう一度この詩集を味わい読むことにしよう。考えてみれば私は、冒頭の一行にかくも長い間かかずらって、そこからまだ一歩もすすんではいなかったのだから。「丘のうなじ」二十一連四十二行がやはり集中の白眉ということになるのだろうか。何度読み返してもみずみずしく、謎や深さも十分に保たれて、読解が一義的にやせてしまうということがない。

こひびとよ　きみの眼はかたつてゐた
あめつちのはじめ　非有だけがあつた日のふかいへこみを

愛する女性の眼は天地創成の胎につながっている。大地＝女性の神話学の当然の帰結とはいえ、なんという大らかな時空の把握だろう。しかもそれを「ふかいへこみ」と大和言葉のひらがな表記で処理しおおせる。しなやか柔らかな日本語の生理の扱いに長けた大岡信でなければできない芸当である。始源への畏怖ないし憧憬は、なおそして段差なく未来への運動性を呼び込む。

ひとつの塔が曠野に立つて在りし日を
回想してゐる開拓地をすぎ　ぼくらは未来へころげた

この時間錯誤、このめくるめく時空の惑乱のうえにこそ「ぼくら」の行為は築かれ、さらにはその行為が、恋する者の特権としてたしかに愛の至高点を通過したという消しようのない刻印を残すこともできるのである。こうして、これ以上はないというくらい大岡信的な詩句が書きつけられる。

こゑふるはせてきみはうたつた
唇を発《た》つと　こゑは素直に風と鳥に化合した

名高いあの「地名論」の「風は鳩を受胎する」という詩句を思い出す者もいるかもしれない。バシュラール風に言えば、大地の物質でありすぐれて大岡的な物質でもある水（『春 少女に』には「人は流体ゆゑのかなしみをもつ」という詩句も読まれる）が昇華して、ひととき大気的な想像力の運動に化身するプロセスである。このあと詩篇は、築かれた頂点がたえず土台の闇と交流する危うい対位法のうちになお十数連を織り、最後には冒頭の二行が主要動機のように回帰して締めくくられる。

表題作「春 少女に」は前半部の掉尾に置かれている。「丘のうなじ」にくらべると規模は小さく、イメージの喚起力も抑えられているが、そのかわりに、

でも知つておきたまへ　春の齢《よはひ》の頂きにきみを押しあげる力こそ
氾濫する秋の川を動かして人の堤をうち砕く力なのだ
（中略）
でもきみは知つてゐてくれ　秋の川を動かして人の堤をうち砕く力こそ
春の齢《よはひ》の頂きにきみを置いた力なのだ

という交差配列的な対句がこの詩集全体の制作の秘密を明かしているように思われて、不思議に興味深い。人生の秋の入り口に立つ者が春をうたう。それはたんに記憶と現在とを和解させようとする私性の試みではなかったのだ。神秘な宇宙的循環という大きなエネルギーを感じ取るためには、むしろ秋に春を担わせる矛盾の実践がぜひとも必要なのである。
そしてもう一篇、後半部の要をなす「詩と人生」。その内容は集中にあって異色であり、なによりも大岡的なアイロニーの発露がめざましく、のちの重要な詩集『詩とはなにか』を予告している。

思《シ》・司《シ》・息《ソク》・塞《ソク》・色《シキ》　これらはみな　とハカセはいふ
狭い穴・狭い隙間をこすることから生れた言葉

息をひそめて　もうひとつ　シ音《おん》の字を思ひ出さう
この好色の消息を　こすつて　穴に闇を塞《つ》めてやらう

もうひとつの「シ音の字」とは、いうまでもなく詩のことである。それを「好色の消息」と地口的に言い換えてみせるこの機微こそ、さきほどの交差配列以上に『春 少女に』制作の秘密を語るメタポエティックなのかもしれない。そう、詩と死の同音を嘆き、あるいはそれを逆手にとることだけが日本語の詩の書き手の芸ではないのである。せめて「好色の消息」ぐらいには明るく地口を響かせつつ、詩作に臨んでみよ。『春　少女に』の豊かな穴の闇から大岡信は、われわれにそんなメッセージを送っているようにも思える。

入沢康夫の詩の核心

言葉と生

1

われわれは言葉とともに生きている。あるいは、言葉を生きているといったほうが正確かもしれない。なぜなら、言葉はたんに伝達の道具ではないからだ。押し黙っているときでさえ、頭のなかでは無数の言葉が泡のように生まれたり消えたりを繰り返しているはずである。まったくもって思考とは言葉の出来事にほかならず、いやそればかりか、夢や無意識でさえもが言語のように構造化されているらしい。またたとえば何かの折に雪という言葉を発したとしよう。するとたちまちそのまわりに、白とかスキーとか女とか、他のさまざまな言葉がまさしく雪の結晶作用のように集まってイメージの靄をつくり出し、あるいはユキがキユにひっくり返って「消ゆ」という動詞に重なり、季節のめぐりや無常観といった別の連想の系と合流したり、「太郎を眠らせ、太郎の屋根に雪ふりつむ」とか「降る雪や明治は遠くなりにけり」といった名詩名句に結びついてさまざまなコノテーションを発生させたり、さらには、「行き」という同音異義に転じて、「あかねさす紫野ゆき標野ゆき……」と、雪とはまったく関係のない古歌を呼び寄せてしまったりしないともかぎらないのである。

雪という言葉ひとつとってもこんなありさまなのだから、言葉を生きるというのは、ある意味では途方もないことであり、われわれはそこでわれわれの生そのものの圧倒的な開かれを生きているのだと実感しても、さして不都合はないのである。というか、言葉を生きるというまさにそのことが、無限に豊かなこの現実を味わうほとんど唯一の確実な方途であるのかもしれない。

2

現代日本最高の詩人のひとりである入沢康夫。この『続・入沢康夫詩集』を読みながら私は、言葉を生きるこうしたわれわれの生の様態そのもののなかへと、氏を解き放ちたいと思う。というのも、氏の作品はこれまで、あれやこれやの知の意匠とともに、あまりにも狭く読まれすぎてきたきらいがあるからだ。昨年(二〇〇二)秋、氏と前橋文学館に同行して、氏の萩原朔太郎賞受賞に伴う「入沢康夫のバックグラウンド」展の記念対談(「入沢康夫の裏側」と氏自身によって銘打たれていた)をするという機会にめぐまれたが、そのときの氏の、どちらかといえば軽めの自作を対象に、犯人と探偵との一人二役を演じる俳優さながら、なんとも楽しそうにその謎解きを披露する姿に接するにつけても、私は確信したのである。ああこの詩人はほんとうに言葉を生きている人なのだ、われわれの何層倍も豊かに、遊び心もたっぷりと、しかしまた深刻に、おそるべき自己批評の精神とともに、言葉を生きている人なのだと。

同時に私は、ひとりの固有名を思い出していた。フェルディナン・ド・ソシュール。いわずと知れた現代言語学の父である。またぞろ知の意匠を蒸し返そうとするのかという合いの手もどこかから聞こえてきて、だがどうあっても、私はその名前を思い出していた。言葉を生きるわれわれの生の様態そのもののなかに入沢康夫を解き放つことと、氏を現代言語学の父——とりわけその晩年——と結びつけることとは、私にとって別なことではないのだ。

晩年のソシュールが奇妙な情熱に取り憑かれていたことはよく知られている。アナグラム研究だ。アナグラムとは、狭義には、さきほどのユキ／キユの類の文字の組み替えだが、ソシュールが注目したのは、より広義にアナグラム的な現象を捉えて、あるテクスト（とくに詩）にはその線状の言葉の連鎖の下に別のさまざまな言葉が非線状的に隠れているのではないかということだった（などと書くと、そうした回折現象は印欧諸語に特有のものであって、われわれの日本語にはあてはまらないとする反論も当然出てきそうだが、ひとまずそれは置いておく）。たとえば、これはソシュールが挙げた例ではないけれど、

Je sent*is* ma gorge serrée par la main *terr*ible de l'hystérie
（私は自分の喉がヒステリーの恐るべき手で締められるのを感じた）

というボードレールの詩行において、ヒステリーという最後の言葉は、あらかじめその音素（イタリック体の部分）を散種されていたかのようにして出現するのである。こうした現象がまるっきり作為的なものにすぎないのであれば、数ある詩の技法のひとつとして説明がつく。けれども、

もしそのかぎりでないとするると、つまり言語の無意識のようなものにもかかわる何かしらだとするとどうなるか。線状の表と非線状の裏と、ふたつながらにして言語の流動性や不安定性を作り出し、ひいては言語のポリフォニックな創造性にまで与ることになるだろう。だがそれはずっとあとの、いわゆるポスト構造主義と呼ばれるような思潮においてであって、ソシュールはそこまで考えなかった。どころか、藪から蛇をつつき出したような気分になって、この研究を中断してしまったという。残された膨大な研究ノートは、のちにジャン・スタロビンスキーという文芸批評家によって調査と注解をほどこされ、『言葉の下にひそむ言葉』というアナグラム研究の名著となって甦った。そのスタロビンスキーは述べている。

言語は汲んでも尽きることのない泉であり、それぞれの文の背後には無数のざわめきが隠されていて、他ならぬそのざわめきのなかから、われわれのまえに文が立ちあらわれて、個別性をもち、自立するにいたるのだ。[*1]

晩年のソシュールが耳を傾けていたのはこのざわめきであり、わが入沢康夫もまた、「入沢康夫のバックグラウンド」と控え目に自分の業績の展示を名づけ、あるいは「入沢康夫の裏側」と自作詩解説をおどけてみせながら、実のところはこのざわめきの聴取にこそおのれの詩の行為の核心を置いたのではないか。そう私はみたいのだ。

3

さて、この『続・入沢康夫詩集』には、『わが出雲・わが鎮魂』(一九六八)から『死者たちの群がる風景』(一九八二)までの八詩集が、全篇または抄出のかたちで収められている(ただし、一九七一年刊行の『声なき木鼠の唄』は『入沢康夫詩集』のほうに「未刊詩篇」として収められており、『わが出雲・わが鎮魂』と入れ替わっている)。本稿の主題からは少しそれるが、読者の参考のために、以下にこの八詩集それぞれの概要を示しておこう。というのは、入沢康夫の詩は詩集単位で、あるいは詩集から詩集へというさらにマクロな単位で読まれることを望むようなところがあり、抄出の場合はなおさら、全篇収録の場合もその詩集全体の意味を一通り押さえておく方が入沢ワールド探求に断然役立つからである。断片化された全体と全体化された断片と、相互に照らし合いながら小暗い創造の小径を行くのが、入沢作品の歴史なのである。なお、先年私は「入沢康夫全作品解題」という文章を書く機会があり(「現代詩手帖」二〇〇二年九月号)、以下の概要はそこからのほぼ転記というかたちになることをおことわりしておく。

『わが出雲・わが鎮魂』。一九六八年四月、思潮社刊。「わが出雲」という本文部分と「わが鎮魂」という自注部分から成る長篇詩作品。刊行本では、装画・装幀を担当した梶山俊夫のドローイングが、ページや活字のあいだをうねるように展開している。

戦後現代詩最大の問題作。作者自身、「私にとって、たしかに一つのオペレーションであった」と「あとがき」で述べている。大筋は、発話者たる「ぼく」が生まれ故郷である出雲の地を訪れ、

「うり二つの友」つまりもうひとりの自分の「魂まぎ」を試みるというもので、ハイデガー風にいえば詩の大地性への問い、エメ・セゼール風にいえば愛憎の地への「帰郷の手帖」、また現代風俗風にいえば詩的な「私探し」の旅というところだが、それにオルフェウス的な地獄下りの様相が重なる。しかも、いうまでもなく出雲は古代神話の土地でもあるから、記紀その他に語られるさまざまなエピソードへの言及やほのめかしが、いくつかの副筋のように絡んでくる。また、出雲という見出されたトポスについて岩成達也は、入沢作品史の流れに沿うかたちで、「入沢はコミットすべき現実をもうすこし局所化すること、言い換えればある「特異点」を現実のうちに求めることに想い到ったのではあるまいか」と推測する。

というわけで内容はかなり複雑だが、実をいうとそれでもまだ作品の半分ほども語ったことにならない。後半部分を成す膨大な自注は、上記本文の大部分が他の無数の作品の引用や想起やパロディーから成るテクスチャーないしは寄せ集め細工にほかならないことをあきらかにする。作品冒頭の

やつめさす
出雲
よせあつめ　縫い合された国
出雲
つくられた神がたり

出雲
借りものの　まがいものの
出雲よ
さみなしにあわれ

という呼びかけが指し示しているのは、したがって、作品それ自体の姿でもあったのである。そうしたメタポエティック（詩についての詩）とともに「わが出雲」は、清水徹が正しく指摘するように、「真の端緒、真の中心を求めてそこへ近づこうとする歩みが、すべて死の雰囲気に浸透された無限の彷徨となってしまうような地」と化す。また吉田文憲も、「さみなしにあわれ」を折口信夫の「うつほ」（空虚＝充実）に重ねながら、その未知にして到達不可能な場をめぐる無限の循環運動こそ入沢的だとする。にもかかわらず、この作品を一種感動的なものにしているのは、そうした無限の彷徨の切実さが、そしてその切実さを運ぶゆえ知らぬ情動が、あるリズム的な呪縛をもって読者にもひしひしと伝わってくるからであろうか。詩の魔術というほかない。

『倖せ　それとも不倖せ　続』一九七一年七月、書肆山田刊。「倖せ　それとも不倖せ　続編Ⅰ（一九五一―一九五五）」「同Ⅱ（一九五六―一九六〇）」「同Ⅲ（一九六一―一九六五）」「同Ⅳ（一九六六―一九七〇）」の四部から成る。

「あとがき」によれば、一九五一年から一九七〇年までのあいだに発表された作品のうち、それまでの既刊作品集に未収録のものを、年代順に四つに区分して配列したもの。したがって、おおむね拾遺的な性格をもつ詩集と考えてよいが、岩成達也の指摘するように、「入沢の『わが出雲・わが鎮魂』にいたる展開の足どりが、いわば模型をみるように透けて」みえるところもあり、入沢ファンにとっては興味がつきない。なかんずく、『わが出雲・わが鎮魂』の初出形「わが出雲（エスキス）」が収録されており、そこではたとえば、決定稿の名高い冒頭、清水徹が入沢作品全体の「中心紋」と呼んだ「やつめさす／出雲」以下のメタポエティック的な一節がまだあらわれず、「すでにして、大蛇の目のような出雲の呪いの中にぼくはある」というパセティックな感情の流露から詩が開始されていることなど、入沢作品生成のスリリングな過程を検証することができる。また、オルフェウス的主題が鮮烈な「ワレラノアイビキノ場所」も忘れがたい佳篇である。

『「月」そのほかの詩』一九七七年四月、思潮社刊。「碑文」ほか十九篇から成る。タイトルは集中の作品「「月」そのほか」から。

六〇年代後半に詩業の最初のピークを築いた入沢康夫は、七〇年代に入ると、休止期というべきか停滞期というべきか、作品発表の比較的少ない時期を迎える。『声なき木鼠の唄』から数えて六年ぶりに刊行されたこの詩集は、そうした時期の作品を半ば拾遺的に集めたものだが、じっさい、方法やテーマにおいてそれほどの更新はみられず、苦しげな自己模倣といった趣の作品もある。たとえば冒頭の「碑文」は、書法からも内容からも、六〇年安保闘争に呼応したとされる「季節についての試論」の十年後のリメークといった印象が強い。それでも、傑作「『木の船』のための素描」を航海者の視点から別の「擬物語詩」に変貌させたとおぼしい「異海洋からの帰還」や、「できそこなひの童話集」と銘打たれた異色の試みのなかではるか宮沢賢治の作品宇宙と交響する「「月」そのほか」、さらには、同じく賢治宇宙と照応しながらつぎのピークを準備する「かつて座亜謙什と名乗つた人への九連の散文詩（エスキス）」なども含まれ、そういう意味では、単なる拾遺集の枠を越えている。また、この詩集から詩人は、表記を歴史的仮名遣いに変えている。

『かつて座亜謙什と名乗つた人への九連の散文詩』一九七八年六月、青土社刊。タイトル中の「座亜謙什」とは、宮沢賢治のアナグラム的な偽名。「エスキス」「第三のエスキス」「第四のエスキス」「第五のエスキス」「第六のエスキス」「第七のエスキス」「第九のエスキス」から成る。

タイトルからもわかるように、この作品集は「宮沢賢治へのオード」とも呼ぶべき雰囲気をもっている。ただし、尋常一様なオードではない。七〇年代、入沢康夫は天沢退二郎とともに『校本 宮澤賢治全集』（筑摩書房）の編集校訂に取り組んでいた。草稿のいちいちにあたって推敲過程を辿るという地道な仕事だったが、同時に、終わりなき作品生成の現場に立ち会うスリリングな体験でもあったという。いわば、そうした編集校訂の作業そのものを作品化してしまったのが、この『かつて座亜謙什と名乗つた人への九連の散文詩』なのである。初出形ともいうべき「エスキス」とその八つのバージョン。そこではまず、「あなた」と呼びかけられる「座亜謙什」の跡を辿る「私たち」の物語、つまり編集校訂の物語が仮構されるが、つぎにはその物語自体が編集校訂の場にさらされ、「第九のエスキス」にいたっては、人称もその役割も全く様相を異にするテクストに変貌してしまう。だが、それが決定稿というわけでもない。宮沢賢治の作品宇宙と同じように、終わりなき生成があるばかりなのだ。

『牛の首のある三十の情景』一九七九年六月、書肆山田刊。「牛の首のある六つの情景」「牛の首のある四つの情景」「「牛の首のある八つの情景」のための八つの下図」「牛の首のある三つの情景」「牛の首のある二つの情景」「牛の首のある七つの情景」から成る。

入沢作品史のなかにあってもひときわ特異な、異様としかいいようのない作品集。「過激な文書」と平出隆は呼び、「ほとんど夢魔とさえ呼びたい生々しいヴィジョン」と井上輝夫は言う。私自身もかつて言及を試みたことがあるが、「牛の首」とは何かと問いつつ、かろうじて「錯乱的な記号系」と言い得たのみだった。とにかく、「牛の首」の遍在とそれによる「わたしたちの、わたしの」(語り手の人称は必ずこの二通りで呼ばれる)ひたすらな不安と焦慮が、繰り返し繰り返し語られるのみで、「牛の首」とは何か、どこまでも不確定なままだし、そもそもこの作品集には目次すらついていない。もしかしたらこの「牛の首」は、テクストを横断する多数多様性そのもの、いや、入沢的なさまざまな作品構成のたくらみや装置をも越えてゆく「詩的関係」の力そのものなのかもしれない。

『駱駝譜』一九八一年六月、花神社刊。タイトルは「普陀落」の転倒。「四悪趣府」ほか九篇から成る。

拾遺詩集的な性格が濃く、入沢作品史のなかではもっとも語られることの少ない詩集である。「すべてが引用からなる本文と、註と、付記とによる小レクイエム」という副題を付された「蟻の熊野・蟻の門渡り」が、わずかに『わが出雲・わが鎮魂』の世界と交響している。

『春の散歩』一九八二年八月、青土社刊。「胸底の馬」ほか十九篇から成る。タイトルは集中の作品「春の散歩」から。

『駱駝譜』につづいてやはり拾遺的な性格をもつが、グロテスクな主題を軽妙に処理した「葬制論」、アンソロジーに採られることも多い佳篇「未確認飛行物体」、「贋作ヴィヨン詩」と銘打たれた「バラッド二つ、四行詩一つ」、「まつくらな画面。岩に砕ける波頭だけが見える」という一行が人を食ったように繰り返される「「誕生」へ」、『死者たちの群がる風景』終章の別稿「《春が鳥のゐない鳥籠に》」など、内容は豊かで変化に富み、繙いて楽しい詩集である。詩人はここで、題名にふさわしくくつろぎ、諧謔の境地に遊んでいるようだ。

『死者たちの群がる風景』一九八二年、河出書房新社刊。「I 潜戸から・潜戸へ――死者たちの群がる風景 1」「II 潜戸へ・潜戸から――二人の死者のための四章」「III 銅の海辺で――いま一人の死者のために」「IV 個人的に・感傷的に――死者たちの群がる風景 2」「V 友よ――さらに一人の死者のために」「VI《鳥籠に春が・春が鳥のゐない鳥籠に》――死者たちの群がる風景 3」の六部から成る。

『かつて座亜謙什と名乗つた人への九連の散文詩』から始まり、『牛の首のある三十の情景』で異様な高まりをみせた入沢詩の第二期のピークは、この『死者たちの群がる風景』をもっておだやかに収束する。『わが出雲・わが鎮魂』から十五年、詩人はふたたび出雲の地を訪れ、詩のトポスの探求を試みるのだが、しかしこの旅は、岩成達也も指摘するように、むしろ出雲という特異点の解消のため、その特異点を「死者を通しての共同体」へと開くためである。したがって、地獄下りのモチーフも分身的他者のテーマもここではその強度をもたず、かわって、亡母憧憬のテーマを導きの糸に、何人かの具体的な死者ラフカディオ・ハーンやジェラール・ド・ネルヴァルらが召還され、彼らとのパセティックかつ心慰むような交流が全編の主調音となる。抒情のストレートな流露を避けるための擬物語詩という図柄も、ここではそれと気づかれない程度である。これを入沢詩学の後退とみるか円熟とみるか。いずれにしても、『わが出雲・わが鎮魂』にくらべればはるかに読みやすく、刊行当時から広く一般にも受け入れられたようだ。逆にいえば、『わが出雲』がいかに過激な帰郷の書であったか、あるいは「青春の書」であったかを、この『死者たちの群がる風景』が、十五年という歳月をへだてて照らし出しているのである。

4

以上がこの『続・入沢康夫詩集』に抄出された八詩集の概要であるが、硬軟とりまぜて、あらためてすごい作品群だと思う。個人的にはやはりなんといっても『牛の首のある三十の情景』の衝撃がいまだになまなましく、あとでもふれることになるはずだが、私の入沢詩読解は結局いくたびもそこに戻ってゆくことになるのだろう。「牛の首」の謎は、入沢氏がたとえどのような委曲を尽くして犯人と探偵の一人二役を演じても、私には謎が謎を呼ぶかたちで残ってしまうように思われるからである。逆にいえば、もしもいつの日にか入沢康夫という呪縛を解こうとするならば、それは「出雲」や「座亜謙什」によってではなく、この「牛の首」を通じてであろうという気もする。

そうしてようやく本題に戻るなら、このような驚くべき作品群のいたるところから、言語とそのざわめきに耳を傾けている詩人のエートスが伝わってくるのである。それをいくらかでも明らかにするために、いま一度八詩集を辿り直してみることにしたい。

まずは『わが出雲・わが鎮魂』から。作者みずからが本文に詳細な註をつけ、本文の大部分がなんらかの先行作品の引用やパロディやレミニッサンスから成り立っていることを明らかにしたことから、「まがいもの」「よせあつめ」という自己言及性がかつては大いに喧伝され、入沢論の中核を成したものだが、ここではあまりこだわらないようにしよう。われわれの誰もがやっていることを、入沢氏はただ強調してみせただけなのだ。本文とその註という構成が露呈させる引用の織物を、むしろ言語とそのざわめきというレベルに置換しなければならない。そうすれば、註を「鎮魂」と名づけた意味深さが了解される。「鎮魂」とは第一義的には「呪力の鎮圧」であろうけれど、いつのまにかその「呪力」に混じり、合体してしまうということもあるのではないか。つまり、本文とその註という順序とはあべこべに、前本文的ないしは前言語的ともいうべき状態でざわめいている「鎮魂＝呪力」のスープから、かろうじて詩人は、「わが出雲」という上澄みを引き出すことができたのだ。

もちろん、本文のなかにもざわめきは入り込んでいる。冒頭の「ふみわけた草木の名前／かきわけた草木の名前」が、「やまかがみ／みらのねぐさ」から「らふえる／まい／あめく／ざあび」へと、いつのまにかまったくでたらめな異言語のひびきに取って代わられていたり、またひときわ印象的なのは、

その声を追って野に出れば、
十何万のがぜる群　角をふり立て　がががが、
十何万のがぜる群　角をふり立て　がががが。

という箇所であろう。「おそらく、私の作った唄めいた文句の、記憶にある限りで、最も古いもの。これをそのまま用いた」と詩人は自注に記している。私なりにさらに深読みすれば、亡母憧憬のモチーフのすぐあとにあらわれるこのざわめきは、詩を幼年に接続し、あるいはインファンスに引きずり込んで、「コトバを知らない infantia の状態から、語ることを余儀なくされ、自分に先立つ法に従うことを余儀なくされそうして表象へと運命づけられている言語＝世界へと、たえず失敗しながら誕生しようとする」（小林康夫）詩人＝子供の痛みをも伝えてくるかのようだ。『倖せ　それとも不倖せ　続』は飛ばして、『「月」そのほかの詩』では、宮沢賢治からのざわめきを詩人ははじめてはっきりと聴き取る。それだけでも事件だが、それ以外にもたとえば「異海洋からの帰還」が面白い。「異海洋」という語の下にはもちろん胃潰瘍がひそんでおり、その二重性そのままに、詩人はここでほかならぬ過去の自作をもざわめきとして聴くのである。人称の選択においても、「私」と話者が発すれば、すぐさまその背後で「私たち」と別の人称がざわめく（この二重化が、概要でも指摘した『牛の首のある三十の情景』の特異な人称につながってゆく）。そうしてやがてそれらのざわめきは、まるで海そのものに変貌して発話の主体を取り囲むかのごとくなのだ。

だから、そのやうな海に対して、私は、私たちは、意志的な態度は敢へて取り得なかつた。常に受容的であつた。これを以て、非主体的といふのは当らないだらう。私たちはむしろ意識的に意志を睡らせ、黒髪さながらに波間を漂ひ去る幾万の藻草の行方に眼を放ち、そのやうにしながら、身体のどこか底深いところで、私たちの真の目的地が、折り折りに、仮そめの島や岬の形に造形されては解体するのを、他人ごとのやうに（しかし、これ以外の方法は絶対になかつた）感じとるのだつた。

まことに意味深いメタポエティックというほかはない。「仮そめの島や岬」とそれを取りかこむ海との関係は、まさしく言語とそのざわめきとの関係に酷似しているのだ。

そしてその「造形されては解体する」言語は、つぎの詩集『かつて座亜謙什と名乗つた人への九連の散文詩』では、驚くべきテクストの形姿となって現前する。概要でも述べたように、『校本 宮澤賢治全集』に際しての草稿調査の仕事が生かされているわけだが、とくに「第八のエスキス」だ。もとより読み得ないテクストではあるけれど、校訂の作業そのままの夥しい括弧や矢印による異同の指示は、煩雑すぎて——というか遊びがすぎて——読者の顰蹙を買うばかりかもしれない。生成のプロセスなどは読みたくもない、結果だけを示してくれ結果だけを、と。しかし、言語とそのざわめきという観点からすれば、プロセスも結果もない。つねに、どこにおいても、言語はそのざわめきとともにあり、またざわめきはたえず言語へと生まれ出てやまない。「第八のエスキス」は、そうした様相を仮にグラフィック化すればこんな感じになるかもしれないといった、入沢氏独特のきまじめな遊び心のなせるわざなのである。

そう、きまじめな遊び心。前橋での対談の折に感じたのもこのことだった。『牛の首のある三十の情景』は後回しにして、『駱駝譜』と『春の散歩』に移れば、『続・入沢康夫詩集』のなかではこのふたつの拾遺的な詩集にとくにこの遊び心が現れているように思える。『わが出雲』や『死者たちの群がる風景』を大文字の入沢康夫だとすれば、こちらは小文字の入沢康夫という感じだけれど、むしろ小文字のほうがこの詩人の本領を示しているような気もするのである。概要で私はこの二詩集、とくに『駱駝譜』を軽視してしまったが、読みようによっては、謎とたくらみと諧謔に満ちた入沢詩学の雛型ともいうべき作品が並び、思いのほか重要なページとなって再浮上してくるかもしれない。「駱駝譜　RAKUDAFU」というタイトルからして、普陀落 FUDA-RAKU のアナグラムとなっていて、まるで本稿の主題を待ち受けていたかのようだ。

そういえば前橋での自作詩解説も、そのうちのひとつは、実は『駱駝譜』に収められた「かはかりにきさりもたしめ　いまゆめのかけはしのかけに」という詩であった。

わにかゐたはなかこのなかにい
ましのかはかなかれひかかけり
あしかしきりにゆれてきよきよ

（以下略）

犯人役としてこの濁点のない平仮名だけで書かれた摩訶不思議なテクストを聴衆に配布したあと、詩人は、探偵役としてその下になんと五十種もの動物や植物の名前が隠れていることをみずから暴いたのだった。すなわち、

ワニ（鰐）　カ（蚊）　カニ（蟹）
シノ（篠）　カバ（河馬）　カレイ（鰈）　ケリ（鳧）
アシカ（海驢）　シカ（鹿）　ガ（蛾）　キリ（桐）
（以下略）

まさしく言葉の下にひそむ言葉、ではないか。さらに、「いまゆめのかけはしのかけに」というタイトル自体、その底に、藤原定家の和歌「春の夜の夢の浮き橋途絶えして嶺にわかるる横雲の空」と瀧口修造の詩句「夢の影が詩の影に似たのはこの瞬間だった」とがみえかくれしているのである。つまり、「いまゆめのかけはしのかけに」は、「いま夢の架け橋の影に」とも「いま夢の影は詩の影に」とも読める。濁点なしの平仮名表記によってこうした言葉の重層性が強調されるという仕組みだ。最後に、なぜ瀧口修造かといえば、この先達詩人の追悼のためにこの奇妙な詩は書かれたというのである。[*2] こうなるともう、同じ詩人として言葉の重層性そのものを手向け

ようとする必死の戯れ唄という感じで、たどたどしくしか読めない濁点なし平仮名表記が、だからこそ、ありきたりな悲歌などよりはよほど切実に悲しみの言語的物質化をもたらしているといえる。言葉を生きるとは、非意味すれすれにこういう局面をくぐることもあるということだ。『死者たちの群がる風景』は逆にきまじめすぎて、当時の世評は高かったけれど、きわめつけの入沢ワールドとは言いがたいところがある。もちろん、そのことと作品が与える感動とは別物である。読者はただ、死者たちとのパセティックかつ心慰むような交流のうちに織られる流麗な言葉のテクスチャーを堪能されたい。

こうしてようやく、われわれは『牛の首のある三十の情景』に辿り着く。以前に四十枚ほどの入沢康夫論を私が書いたときも、最後は「牛の首」とは何かという問いをめぐっての記述だった。[*3] どうやらこの「牛の首」に、何かとてつもなく大きな秘密が隠されているらしい。いや、ひょっとして秘密がないことが最大の秘密かもしれない。イメージとしてあまりにも明白むきだしなその姿こそ、読む者を不安にさせ、ついつい、ありもしない秘密の詮索などに向かわせてしまう最大の要因なのかもしれない。

ともあれ、テクストのとくに白熱した部分をランダムに書き写してみよう。

陶板を敷きつめた長い廊下に、わたしたちは、わたしはゐて、わたしたちの、わたしの長い衣の裾が、血の汚点《しみ》のある床面を擦る。太鼓のすり打ちとともに、緑色の揺籃が水に投じられる。肥つた山羊が次々と咽喉を裂かれ、床はまたしても血にまみれる。廊下の突き当りは、夕闇にすでに閉ざされて、さだかには見通せないが、ただ、あの燐のやうな光を放つ巨大な牛の首が、わたしたちを、わたしを、待ちうけてゐること、そのことだけは、痛いほど判る。

黒壺の中で燐光を放つ牛の首。粉末状の憎悪。

だが、わたしたちは、わたしは、確実に年老い、花々は笑ひながら舞ひ去つて、夜々の真赤な空洞の底で幾千本の白い手が揺れてゐる。牛の首、牛たちの首に追はれ、また追はれ、あるいはまた、それらを追つて、わたしたちは、わたしは、大きな（しかしおそらくは、——否、絶対に、不毛な）恋情の中へと、ますます深くとらへられて行く。

じっさい、何なのであろうか（と私はまたも問うてしまう）、この「牛の首」というイメージは。

読解のヒントがないわけではない。なかんずく、『わが出雲』に「人の顔した仔牛」という、ほぼ「牛の首」と類同といってよい注目すべき表現があり、それに与えた自注に、「典拠をつまびらかにしないが、牛が牛身人面のクダン（件《くだん》？）なるものを産む。生後ほどなく死ぬが、死ぬ前に人語を発し、その予言に誤つところがない」とある。「典拠をつまびらかにしない」とは、入沢氏が子供の頃に耳にした言い伝えか何かということか。何にせよ、この場合の「人語」とは、動物によって発せられ、しかも予言的機能をもつというのだから、言語というよりはそのざわめきに近く、危険で、不気味で、詩的でさえある言葉のことだろう。そう言えば「クダン」という怪物の呼び名自体も、笑ってしまえるぐらいざわめき的だ。「牛の首」とは、そうした言葉を発し、あるいはそうした言葉にまといつかれた首であり、それらが「広場の中央」や「廊下の突き当り」、あるいは「三千マイルの彼方」、要するに世界のそこかしこに置かれ、「わたし」や「わたしたち」を「待ちうけてゐる」というのである。

とすれば、われわれは『牛の首のある三十の情景』をつぎのように読むこともできよう。かつて、ざわめきは言葉の下にひそむ言葉だった。だがいまやそれは隠れているだけではない。堂々とその存在を主張し、あまつさえ貨幣のように流通して（「わたしたちが、わたしが、拾ひ集めた幾片かの牛の頭骨を、山の洞窟へ運び込むと、猪首の男たち女たちが、いそいそとそれを受け取り、引替へに黒ずんだ麦粉を、一摑みづつ握らせてくれる」）、しかも同時に貨幣のようには回収されない（「深い井戸の底で、赫々と耀《かがや》いてゐる牛の首」）。言語がざわめきをてなずけてしまうことはないのである。両者は共存したまま、どこまでもあるおそるべき関係の強度を生きるほかないのだ。強度は恋情と言い換えてもよいかもしれない。ざわめきに「追はれ、また追はれ、あるいはまた、それらを追つて」、主体たちは、「大きな恋情の中へと、ますます深くとらへられて行く」のである。

5

結論へと向かおう。以上の記述によって私は入沢康夫を、言葉を生きるわれわれの生のただなかへとうまく解き放つことができただろうか。
それは心許ない。が、少なくともつぎのことは示せたのではないかと思う。入沢康夫は、これまで主知的な詩人として、いや主知的すぎる詩人として扱われてきた。もちろんそのこと自体まちがいではない。知にすら到達できぬ凡百の詩人のなかにあってはそれだけでも意義のあることだろう。だが入沢康夫は、知に到達し、知を突き抜ける。この知を突き抜けるというステージの方に、私は氏の本領をみたい。なぜなら氏は、前にそのあらましをみてきたように、言語とそのざわめきと、その両方を聴くことができるからである。言語という表象のシステムvsざわめきという物質性ないしは野生。その対立をまさにポエジーとして生き、あるいはポエジーへと融合させて、つまるところ驚異というほかない作品の産出として現実化することができるからである。

　このさき、私はひそかに詩人入沢康夫を野生の人と呼ぼうかとも思う。この『続・入沢康夫詩集』にも収められたエッセイ「作品の廃墟へ」の冒頭で述べられている、「詩作品の根源にあるもののことについては、それは語ることはできず、歌うよりほか仕方がない」という有名な断言も、野生の人という呼び名をバックアップしてくれるだろう。それにもうひとつ別の根拠もないわけではないのだ。人との応接にあってはいつもおだやかに笑い、詩作にあっても遊び心を強調し、なんら声高に主張したりはしない老紳士入沢康夫。驚くなかれ、だがその名前IrISAwA YASuo の下には、野生 YASeI というアナグラムが隠れているではないか。

＊1 Starobinsky, Jean, Les mots sous les mots. Les anagrammes de Ferdinand de Saussure, Gallimard,

1971. 残念ながら未訳。ただ、「ソシュールのアナグラム・ノート」（工藤庸子訳、「現代思想」一九八〇年十月号）と題されて、その一部の邦訳が発表されている。といってももう二十年以上も前のことだが。
＊2 近年刊行された入沢氏の散文集『詩にかかわる』（思潮社、二〇〇二）に所収の、まさしく「言葉の重層性ということ」と題されたエッセイを参照のこと。
＊3 拙著『散文センター』（思潮社、一九九六）に所収の「散文センターあるいは入沢康夫的なものをめぐって」を参照のこと。

安藤元雄における翻訳と詩作の関係

井戸のパフォーマンス

詩人安藤元雄について語れ——本稿を起こすにあたってのそれが編集サイドからの要請であり、もとより私の望むところでもあるのだが、しかしじっさいに安藤氏の詩を分析し読解しその魅力を伝えるとなると、これがなかなかむずかしい。もちろんどんな詩人の詩でもそれについて語るのは——ほかの言葉での置き換えがきかないというその一点にこそ詩の詩たるゆえんがあるのだから——困難といえば困難なのだが、安藤氏の場合はとくにその固有の理由もあるように思われる。たとえば詩史的な位置づけが比較的容易な詩人なら、そのあたりから語り始めることが可能だし、またたとえばテクストや生の隅々にまで詩人としてのパフォーマンスを行き渡らせているような詩人なら、それにまつわる何かのエピソードを持ち出してそこからゆっくり核心に迫るということも可能だ。ところが、あまり細かな世代区分はいまとなっては大して意味がないとはいえ、一九三四年生まれの安藤氏の場合、谷川俊太郎や大岡信らいわゆる「感受性の祝祭」の世代に就くにはやや遅れて登場したきらいがあり、かといってつぎの「六〇年代ラディカリズム」を担うには少し早く生まれすぎたという、微妙な中間ゾーンに位置している。こうした世代規定に加えて、安藤氏の資質に起因するものとして、同時代的なものの共有と同じくらい、あるいはそれ以上に、たとえば戦前の立原道造や海の向こうのフランス詩との共振を感じさせるところがあり、つまりは孤高という形容が詩人安藤元雄にいちばんふさわしいということになる。

それればかりではない。ただでさえ寡作なその詩のたたずまいも、つつましいというかけれん味がないというか、あまり多くを語らずにむしろ沈黙に接して息をひそめているという風だし、場合によってはそれが難解という印象を与える。たとえば名詩集『水の中の歳月』(思潮社、一九八〇)の巻頭に置かれた「むずかしい散歩」という詩——比較的短い作品なので、いとわずに全行をかかげてみよう。

一枚の葉を記憶し
一枚の葉のあとを追い
それから　もっと奥
ふさがれた泣き声の方へともぐり込み
舵を曲げ
傾斜を滑り
ずるがしこく伸びる樹をまねて
もっと複雑な変奏にあこがれ
カードを積んでは崩しながら
川をわたり——この川には

始まりも終りもないらしい――
十年前の流氷をまだ忘れずに
そいつが溶けるまで
てのひらで暖めて　香りをかいで
娘たちの耳に見とれ
砂を撒き
鳥たちがやって来てそれをついばむのを待ち
証言を待ち
貧しい慰めを吸いきれず
草を流し声を流し
それから　もう一度
顔もあげずに川をわたって帰って来る

主題は散歩であるはずなのに、なぜいきなり「一枚の葉を記憶し」なのか。ふと、ベンヤミンがボードレールの詩の冒頭の詩句について語った「深淵からの浮上」という言葉を想い起こしもする。あるいは、「葉」は「言の葉」の故意の言い落としでもあるのか。また、「もっと複雑な変奏にあこがれ」や「カードを積んでは崩しながら」というような箇所は散歩という行為とどのような関係にあるのか。いやそもそも一体、誰がいつどこを散歩しているのか、「川をわたって帰って来る」らしいことはわかっているが、それ以外はまるで氷山の一角のように事象や心象の核の部分だけが言語化され、あとは行間の沈黙に沈められているというふうで、まさに「むずかしい散歩」というほかはない。

にもかかわらず、いやだからこそというべきか、読むほどに味わいを深くし、静謐な言葉の空間の底に語り得ないものの恐るべき総量まで充塡されているこのような詩の魅力を、いったいどうやってふつうの言葉に翻訳し、読者に——場合によってはふだんあまり詩を読まないような読者にまで——伝えたらよいのだろう。

翻訳？　そうだ、もしかしたら、と私は思いつく。もしかしたらこの翻訳という言葉がキーワードになるかもしれない。翻訳者安藤元雄について語ることからはじめて、そこから詩への通路が開かれるかもしれない。なぜなら、すぐれた詩人はしばしばすぐれた翻訳者であるから、というだけではない、そもそも詩それ自体が語の広い意味である種の翻訳行為にほかならないと思われるからだ。

安藤元雄は詩においてもいわば翻訳者の立場に立とうとする。つつましく、主体の専横からもテクストの澄まし顔からもひとしく距離をおいて、どこからか切実に及んできた何かをまた切実に誰かへと伝える中間の者たらんとする。それが寡黙さの、パフォーマンス性の乏しさの、静のなかの動の、主たる理由ではないか。いつだったか、安藤氏は井戸の比喩で詩人を語ったことがある。井戸とは、さらにいえば翻訳者のことではないのか。

＊

安藤元雄の翻訳の業績としては、なんといってもボードレール『悪の華』の全訳（集英社、一九八三）がある。それまでどちらかといえば格調高い文語で訳されることの多かったこの詩集を、より原文のたたずまいに添うかたちで、平明で美しい現代日本語に移し得た功績は大きい。だがそれは詩人安藤元雄の評価がある程度定まってからの仕事で、翻訳が詩作に資したというより、詩人としての豊かな経験や鋭いセンスが、それ自体詩である『悪の華』の翻訳に生かされたという印象の方が強い。入沢康夫、渋沢孝輔の両詩人と組んだ共訳『フランス名詩選』（岩波書店、一九九八）についても同様である。

ついでながら安藤氏は小説の翻訳にも麗筆をふるっており、サミュエル・ベケット『モロイ』『名づけ得ぬもの』、ジュリアン・グラック『シルトの岸辺』『アルゴールの城』などの訳出がある。いずれもすばらしい翻訳である。個人的な思い出になるけれど、学生の頃、収録作品を二十世紀文学に限定して話題を集めた集英社版『世界文学全集』というのがあって、それを古書店で全巻買いそろえ、めぼしい作品をいくつか読破していったことがある。そのひとつに安藤訳『シルトの岸辺』があり、引き込まれた。それは原作の魅力もさることながら、翻訳によるところも大であったと考えている。待機あるいは期待そのものをテーマとする息詰まるような物語展開に加えて、小説のシュルレアリスムともいわれた奔放華麗な詩的文体――そうした原作の特徴が、安藤氏の手によって、ほとんど何一つ損なわれることなく、見事な日本語に移し替えられていたのである。というのも、のちに私も多少フランス語が読めるようになって原文にあたってみると、これが相当の難物で、こういうテクストを翻訳しようとすること自体勇気が要るし、仮に翻訳したとしてもたいていの場合は読むに耐えない無惨な日本語になってしまうであろうと思われるからだ。誰の何と名指すつもりはないが、そういう代物を何度か読まされた記憶がある。

閑話休題。翻訳が詩作に資したという意味では、これも詩人安藤元雄の評価が定まってからの、というかむしろそれからさらに時間を経た円熟期の仕事になるが、マラルメの『折りふしの詩句』訳出（『マラルメ全集 3』筑摩書房、一九九八）がある。安藤氏自身、「この仕事が『めぐりの歌』の書き方につながった」とコメントしているのは見逃せない。「折りふしの詩句」の原語vers de circonstanceは「状況のなかから生まれた詩句」というほどの意味で、たしかに『めぐりの歌』（思潮社、一九九九）も、この詩人の作品にしてはめずらしく外部の現実や状況をダイレクトに反映した半即興的な書法が展開しており、コメントはおそらくそのあたりの事情を指しているのであろう。

だが私がここで少しふれてみたいと思うのは、ボードレールでもマラルメでもなく、安藤氏がその若き日に手がけたジュール・シュペルヴィエルの翻訳である。安藤元雄訳『ジュール・シュペルヴィエル』（思潮社〈セリ・ポエティクⅥ〉、一九七〇）がそれだが、原書はセゲルス社刊で、すでに一九五一年に、中村真一郎訳が創元社から出ている。

ジュール・シュペルヴィエル、なつかしい名前だ。かつては押しも押されぬ大詩人の扱いだったシュペルヴィエルの名が、最近あまり聞かれなくなってしまったのはさみしい。いや、それはこの詩人の評価が相対的に下落したというより、詩そのものがあまり読まれなくなってしまったという身も蓋もない文化の変容に起因するところが大きいので、さみしいというような感情で済む話ではないのだが、そのあたりのことは置くとしよう。ともあれかつてこの詩人の存在は大きく、日本の現代詩にも、戦後のある時期にはかなりの影響を与えたようである。具体的には戦後詩の第二世代、さっきもふれたいわゆる「感受性の祝祭」の世代の詩人たちの登場に、同じフランスのポール・エリュアールらとともに一役買ったらしいのである。彼ら若い詩人たちがめざしたのは、戦後の第一世代によるやや息苦しい倫理追求的姿勢のあとを受けて、詩をもう少し広く風通しのよい言葉の空間に解き放とうということであり、そのときヒントのひとつになったのが、ちょうどその出身地南米ウルグアイの海と大草原のように自由に想像力の翼を広げたシュペルヴィエルの詩であったというわけだ。たとえば飯島耕一や谷川俊太郎といった詩人の作品に、シュペルヴィエルを読んだ形跡が認められる。

だがなかんずく、それは安藤元雄においてであったように思われるのである。安藤氏は早くも卒論にシュペルヴィエルを取り上げている。さらに、前述のように飯島氏や谷川氏の世代からはやや遅れて詩壇に登場した氏だったが、それだけにたんなる時代の雰囲気を超えてじっくり深くシュペルヴィエルとつきあうことができたのではないか。詩の世界を広げることにおいてやや性急にシュペルヴィエルを参照したのが飯島氏や谷川氏だとすれば、それを掘り下げることにおいてシュペルヴィエル的だったのは、断然安藤氏なのだ。その結果、たんなるうわべの影響関係を超えて、異言語同士の詩人と詩人とが翻訳を通して出会い、一方から他方へと、何かがひそやかに、しかしたしかな手応えをもって伝えられたのではないか。そう考えたいのだ。安藤元雄という井戸に、シュペルヴィエルという別の井戸からの水、いわばその「死後の生」（ベンヤミン）が届いている。私たちはそこから、もはや誰のものでもないような、どの言語にも属していないような、それ自体で輝いているポエジーを汲む。

＊

さて、安藤訳『ジュール・シュペルヴィエル』。例によって——というのも変な言い方だが——すぐれた翻訳であるそのページから、安藤元雄の詩作へといくつもの通路が伸びてゆく。たとえば『万有引力』に所収の有名な「動作」という詩はつぎのように訳されている。

その馬はうしろを振り向いて
誰もまだ見たことのないものを見た。
それからユウカリの木の陰で
牧草をまた食べ続けた。

それは人間でも樹でもなく
また牝馬でもなかったのだ。
葉むらの上にざわめいた

風のなごりでもなかったのだ。
それは　もう一頭の或る馬が、
二万世紀もの昔のこと、
不意にうしろを振り向いた
ちょうどそのときに見たものだった。

そうしてそれはもはや誰ひとり
人間も　馬も　魚も　昆虫も
二度と見ないに違いないものだった。大地が
腕も　脚も　首も欠け落ちた
彫像の残骸にすぎなくなるときまで。

ある日ある馬がうしろを振り向いて何かを見た。それは名づけようのない何か、わずかにただ永遠といえばいえるだろうような何かだが、そのような何かを通じて、馬のいる場所は別の馬の生きた気の遠くなるような昔へと接続される——このようないわば空間の時間化は、詩人安藤元雄の想像力の中核をなすものでもある。一例だけ挙げるなら、さきほどの「むずかしい散歩」にも「もう一度／顔もあげずに」渡る川が出てきているけれど、同じ『水の中の歳月』に所収の

「橋」という詩に、「川という川は結局はどれも同じさ　なぜと言って／川は時間が横ざまに地上に置かれたものだろうから」とある。だからといってそれは、この「動作」という詩（をはじめとするシュペルヴィエルの詩）を読んで安藤氏が空間の時間化を想像し始めたということではないだろう。むしろもともと安藤氏の想像力にあった空間の時間化という胚がこの詩に同調し、この詩を翻訳する行為のなかでさらにふくらみ、やがて氏自身の詩作へと回帰し開花していった可能性があるということなのである。

というのも、安藤作品を時系列的に辿ると、その初期（第一詩集『秋の鎮魂』位置社、一九五七）においては、立原道造ら四季派の影響が強いことなどを窺わせながら、全体としてかなりつつましく閉じた詩という印象がある。それがある開かれを帯びるようになるのは、第二詩集『船と　その歌』（思潮社、一九七二）からである。その推移を象徴するように、『秋の鎮魂』には不思議に小さな海、秘められた海が登場するが（「ああ、おまえは信じるだろうか、この壁に遙かに海が秘められているということを。」「初秋」）、その海は、第二詩集『船と　その歌』の冒頭を飾る表題作になると、「船」のイメージの導入によってゆるやかにアクションの場、生きられる場へと変容し、するとそれにつられて詩の空間全体が動的にうねりだし、意味深い広がりや深さを得てゆくかのようである。

そしておれの顔から天までの
ひろがりよ　空気の粒と光の粒の

まざり合う虚空よ　おれが死ぬのは　遂に
おまえを生き残らせるためだったのか！

表題作の最終連から引いた。シュペルヴィエルの翻訳のページに置いても違和のないこの数行、そしてこのようにして在らしめられた空間の時間化の実質である「おまえ」が、やがて安藤元雄のとびきりの傑作「水の中の歳月」のあの水になりおおせてゆくと言ったら、言い過ぎであろうか。散文形式で書かれたこの作品のやはり最終パートを引いておこう。

そしてやがて私が水の中にいることを私自身忘れる日が来たとき、水はその冷たい悪意を完成させるだろう。

ところで、『秋の鎮魂』から『船と　その歌』のあいだには十五年のへだたりがある。いくら寡作とはいえ、十五年というブランクは長い。私はこのあいだにシュペルヴィエルの翻訳を置きたいのである。横のものを縦にするというレベルを超えた、かぎりなく詩作に近い、いやほとんど詩作としての翻訳。それはなにも名人芸的な、それ自体創作詩になっているような——上田敏の『海潮音』や堀口大學の『月下の一群』のような——翻訳を言うのではない。そうではなく、ある詩人が、母語を異にしながらも何かしら大いなるものを共有するもうひとりの詩人と出会う場としての翻訳ということなのである。シュペルヴィエルの数ある詩集のなかでもとりわけ安藤

元雄との出会いが感じられるのは『未知の友だち』という詩集だが、そのなかのずばり「詩人」と題された短い詩には、

自分の奥底へくだるのに　僕が一人で行くとは限らない
生きた者を一人ならず一緒に引きこむことにしている。
僕の冷たい洞窟に入ったら最後　誰だって
一瞬たろうと外へなど出られるものか。
沈没する船さながらに、僕の暗闇の中へ、
乗客も船員も一緒くたにして詰めこんでやる、
それから船室という船室で　目の輝きを消してやる、
こうやって　大いなる深みの友人たちをこしらえるのさ。

とある。まさしく安藤氏は、この詩をこのように訳しながら、「自分の奥底へくだる」詩人シュペルヴィエルの道連れとなったのであり、その「冷たい洞窟」のなかで、「大いなる深みの友人」となったのである。「冷たい洞窟」、「大いなる深み」、それを死への親和と言い換えてもよい。シュペルヴィエルはたえず死のことを考え続けた詩人だったが、安藤氏もまたそうなのだ。空間の時間化とは死が現存となり生がまたそれを超えてゆくということでもある。「ホザンナ／ホザンナ」――たとえば詩集『カドミウム・グリーン』（思潮社、一九九二）に所収の緊迫感にみちた

表題作から、異様に高ぶった叫びが響いてくる。

ここに一刷毛の緑を置く　カドミウム・グリーン
ありふれた草むらの色であってはならぬ
ホザンナ
ホザンナ
と　わめきながら行進する仮面たちの奔流をよけて
おれがあやうく身をひそめる衝立だ

冒頭の数行である。以下、紙数の関係でこの傑作の全行引用はできないけれど、「カドミウム・グリーン」とは「死と復活の色」であり、「おれもようやく仮面をかぶることができる」から「おれの仮面はまもなく落ちる」へと、眩暈のように錯綜する生の諸相をどこまでもその色が貫いてゆくのだ。

＊

こうして、シュペルヴィエルの翻訳を通して詩人安藤元雄を語ること、それはたんに一方から他方への影響を語ることではなく、あるいはきいたふうなポストモダン的テクスト間交流について語ることですらなく、もっと深い詩のテレプレザンス的な現象について想いをめぐらすということなのである。ある若い詩人が地理的歴史的限定を越えて、異言語ながら同質の詩人の作品に出会い、それを翻訳する。それはほとんど想像的かつ創造的な行為である。同時に彼は、表現主体というものがいわば豊かに限界づけられた存在であることも知る。主体は井戸であるということ、それはそこから、別の井戸とも通じている豊かな地下水を汲みあげることができるということにすぎない。翻訳と詩作がまじわり、融合し、互いの養分を交換しあうようにして、また詩作は詩作として分離してゆくけれども、つまりはそのようにして井戸と井戸との交流があったということなのだ。『秋の鎮魂』から『船と　その歌』へ『水の中の歳月』へと、安藤元雄が真にすぐれた詩人としての相貌を帯びるに至った過程には、逆説的ながらそういう井戸のパフォーマンスがあったのではないか。それがこの小論で私の言いたかったことのすべてである。

Ⅳ　荒野のアクション

二〇〇一年荒野の旅

詩の現場からの報告

はじめに

数字の上での区分にすぎないとはいえ、二十一世紀を迎えた。そこで、現代詩といわれるものの現況をどう見るか、そしてそこから詩の未来への展望をどう拓くことができるか、本稿ではあらためてそうしたことを考えてみたい。具体的には、「現代詩は衰弱したか」「現代詩はムズカシイか」と、ありそうなふたつの争点を立て、それに沿って論をすすめてゆく。ただし、私は学者でも批評家でもなく、ただの詩の実作者にすぎないので、ときに著しく傍証や客観性を欠き、直観や激情（?）に走ることもあるかもしれない。あらかじめお断りしておこうと思う。

現代詩は衰弱したか

まず、詩の世界の内外でしばしば言われることのひとつに、現代詩は衰退した、あるいは危機的状況にある、という見解がある。あまりにもよく言われるので、それが現代詩を語るときのいわば枕詞になっているほどだ。

これに対しては、ではいったい、逆に詩がほんとうに隆盛していた時代なんてあるのか、という反論も可能であろう。過去において時代を画すような名詩集であっても、その刊行部数はせいぜい数百部程度であったりする。また、危機というならば、それはいまに始まったことではなく、そもそも、危機を母とし糧としなければ、現代詩そのものが成り立ちえなかったのではあるまいか。遠く萩原朔太郎のポジションがそうだったし、戦後詩の出発も、並々ならぬ危機意識に満ちていた。さらには、その戦後詩を極北まで導いた詩人谷川雁による、「現代詩は死んだ」云々の名高い発言は、まるで昨日なされたようになまなましいが、驚くなかれ、一九六〇年代、現代詩がまだ十分に若かった頃のものなのである。六〇年代といえば、思潮社の「現代詩文庫」をはじめ、さまざまな詩の本が刊行され、「現代詩のブーム」とさえ言われた時期があった時代である。そのさなかに、すでに詩への死亡宣告がなされているのだ。また近く八〇年代には、「詩は死んだ、詩作せよ」（瀬尾育生）というような奇妙な逆説さえ展開された。今日、いまさらのように詩の衰退をあげつらうのは、だから、そんなに意味のあることとは思われない。

だが、べつの見方もありうる。私が強調したいのはこの方だ。いま紹介したような詩の危機をめぐる過去の言説と、今日同じ内容を語ることのあいだには、実は大きなへだたりがあるような気がしてならない。前者は、あくまでもジャンル内危機である。ジャンルを存立させるインフラまでは疑っていない。言い換えると、現代詩は衰弱した、死んだという場合、すくなくともそう宣告する者、あるいは言説の存在は疑われていない。たとえ数は少なかろうと、いやたとえ潜在的であろうと、詩を読みうる者の存在は疑われていない。ところが、いまやそういうインフラそれ自体が危機にさらされているのだ。端的にいえば、現代詩を支えてきた多少とも知的で感性豊かな若い読者層が、この地上から急速に消えつつあるのである。やがて、もう誰も現代詩は死んだとは言わなくなるだろう。当該対象が生きているか死んでいるかの判断さえ、もう誰にも出来なくなるだろうからである。それは真におそろしいことではないだろうか。

そう、衰退とか危機とかのレベルの話ではない。今日、われわれは詩の死後を生きているのかもしれないのだ。二〇〇一年荒野の旅。そして、こうした事態をもたらしたのが、今日の大衆社会状況であることはいうまでもない。詩はたしかに死んだが、より正確にいえば、死を余儀なくされたのだ。危機をバネに生き延びてゆくジャンルのダイナミズム、それが問題となるならばまだしも、それさえも、大衆社会状況の到来によって、サブ＝マス・カルチャーの制覇によって、いわば強制終了させられてしまったのである。今日、アーティストといえば大衆音楽を発信するミュージシャンやアイドルタレントのことだし、詩人といえばなんとなく怪しいストリートパフォーマーであったりする。

最近刊行された三浦雅士の長篇評論『青春の終焉』によれば、そうした大衆社会状況はすでに六〇年代後半から始まり、それから七〇年代にかけて、大学が死に、教養が死に、革命が死に、芸術的前衛が死に、要するに「青春」という名でくくれる一切のものが死に絶えていったのだという。

頷かざるをえないが、身も蓋もないとはこのことだ。ほかならぬ現代詩こそ、もっとも純粋でラディカルな「青春」の化身だったからである。谷川雁の「現代詩は死んだ」発言は、夢見られたそういう化身がもはや不可能になりつつあることを、いち早く予感してのことだったのかもしれない。また、同時期の「現代詩のブーム」は、迫り来るみずからの死の予感におののく最後の輝きであったのかもしれない。

顧みれば、ロマン主義以来、西欧では近現代詩が芸術的前衛を担ってきた。詩が芸術的ヒエラルキーの頂点にあって、そこで示された言語的精髄が他ジャンルにおいて様々に肉付けされてゆく。そんな感じだった。時代思潮や芸術運動そのものをリードした詩人も少なくない。ヘルダーリンしかり、ボードレールしかり、マラルメしかり、マヤコフスキーしかり、パウンドしかり、ブルトンしかり。日本でも一九六〇年代頃までは多少ともそういうところがあった。ところが、七〇年代あたりから、そういうヒエラルキーそのものが崩れていったのだ。知的エリートが担う文化から、匿名の「ぼく」や「わたし」が担う文化へ。言い換えれば、文化は消費となり、エンタテイメントとなっていった。消費されるかぎりにおいて、すべては等価となってしまったのだ。使用価値よりも交換価値というわけである。

では、現代詩もそこまで降りていけばいいではないか。そういう主張もないわけではない。降りてゆくうちに現代詩から「現代」が取れてただの「詩」となり、ポエムとなれば、あらたな読者、あらたなインフラも可能になるのではないか。

ところが、それがなかなかむずかしい。降りてゆくうちに、実のところ詩は、ただの行分け散文、行分けエッセーになってしまうからである。なるほど若干の読者はつくだろう。だがそれは、本来エンタテイメントを求める読者だ。媚びを売りに降りてきたものと、もともとすぐれて低みにあるものとのいわば真贋のちがいは、すぐにわかる。近年、ポエトリー・リーディングやインターネット上での詩の発信が盛んだが、仮にエンタテイメントとして考えた場合、下手くそな詩人の朗読や屑みたいなネット詩に誰がいったいお金を払うだろうか。降りていったところで、最初から勝負は決まっているのだ。

だとすれば、高みにとどまろう。と書くと不遜なようにみえてしまうかもしれないが、要するに、詩の原理と大衆社会状況とは、おそらく本質的に相容れないものなのである。それはほぼ使用価値と交換価値との対立に等しい。

現代詩はムズカシイか

以上の議論と関連して、現代詩の難解さということが、これもまたしばしばいわれる。多くの場合それは、現代詩の衰弱をあげつらう向きとリンクして、まるでそれを引き起こした要因のひとつであるようにして語られる。また、難解さは世間一般に流通している現代詩のイメージでもあって、たとえば先日、とあるメディアからインタビューを受ける機会があったが、まっさきにきかれたのが、「現代詩はムズカシイか」という質問だった。私はほぼつぎのように答えた記憶がある。

いつの時代にあっても、言葉で世界を捉え直す試み、それが詩です。そしていまも、言葉と世界それ自体の激しい変容のなかでその試みは続行されている、それが現代詩ということになります。人は世界に没入したまま生きていけるので、あらためてそれを捉え直すとなると、その結果はいきおい未知というか、難解になります。たとえばフランスの詩人ポール・エリュアールの有名な詩句に、「大地は一個のオレンジのように青い」というのがありますが、そう言われても、世界に没入している人にとっては寝言以外の価値はもたないでしょう。ましてや、古代からずっと、捉え直しが何度も繰り返されヴァージョンアップされていまにいたっているわけですから、世界の変容とも相俟って、複雑さの度合いはますます増していることになります。それがまあ、現代詩のつらいところですけどね。もちろん、必要以上に難解な詩もあり、それゆえ心ある読者からさえも敬遠されてしまうようなところは、詩人の側も大いに反省しなければならないでしょう。けれども、必要な難解さというのもあるのです。ものは考えよう、ではないでしょうか。たとえば風景にしても、なにかそこに異様なもの、特異なものがなければ、眼に飛び込んでこないですよね。それと同じことではないでしょうか。なにかわけのわからない言葉の関係のほうがインパクトがつよいし、印象に残るということがある。そしてあとになって、異様なものと周囲との関係のようなもの、つまり意味ですね、それが追認のようなかたちでやってくる。それでいいのではないでしょうか。まず驚き、リズム的呪縛、わけのわからない感動の波動というものがある。詩というのはそもそも意味ではありません。詩人というのは、リズムとかイメージとか意味とかから成る言葉の関係の総体を、そのまま、どの部分もはしょらずにまるごと伝えようと考えているのです。

とまあ、私はつとめてソフトに語った。しかし、より原理的にいえば、詩は難解でなければならない。あるいは、難解であるほかはない。いきなりそんなことを言うと、いまや詩壇の内部でさえ顰蹙を買いかねず、あるいは時代に逆行の烙印を押されかねないが、にもかかわらず、詩は難解でなければならない。ガリレオが「それでも地球は回っている」といったように。

原理は簡単だ。難解ではない。たとえば、

①私は音楽が好きだ
②犀は朝の手紙が好きだ
③音楽は好きだ私が

において、どれがいちばん詩的か。いうまでもない、②だ。③に詩を感じる人もいるかもしれない。②はそれだけで十分詩だが、③はむしろ、その後の展開が期待できるということだろう。しかし、①を詩だと思う人はまずいないはずである。

質問を変えよう。上記の三つの文において、どれがいちばん難解か。やはりいうまでもない、②だ。③は文法的にちょっと変な感じ。難解というより、違和という感じかもしれない。しかし、①を難解だと思う人はまずいないはずである。

以上によって、もっとも詩的な②がもっとも難解ということになる。ゆえに、詩は難解でなければならない。証明終わり。

では、このばかばかしい証明の周辺を、もう少しまともに検討してみよう。なぜ②ないしは③が詩的なのか。①の「私は音楽が好きだ」において、単語レベルだけでいえば、「私」は「きみ」

でもあっても「犀」であってもいいし、「音楽」もまた、「性交」であっても「クスクス」であっても「朝の手紙」であってもいいわけだが、通常の言語では、それらの可能性は潜在的なままにとどまっている。言い換えると、それらの可能性のどれかひとつが――しかもほとんどの場合はありふれたひとつが――排他的に顕在していないと、通常のコミュニケーションは成り立ちえない。というかむしろ、われわれは瞬時のうちにそのどれかひとつを選択し、そしてまた選択した要素を結合しているのである。

ところがここで、そうした選択や結合の作業にすこしの惑乱ないし錯乱を導き入れて、「私は音楽が好きだ」において潜在していた「犀」や「朝の手紙」を一気に顕在化しつつ、「犀は朝の手紙が好きだ」と言ってしまうとしたら、どうだろう。あるいは、選択においてはありふれていながらも、結合において顕在化の欲望をあらわにして、「音楽は好きだ私が」と言ってしまうとしたら。そう、それが②であり③であるところの、つまりは詩にほかならない。

すてきにアナーキーではないか。と同時に、潜在がそのまま顕在になるなんて、生産的もいいところだ。世間ではこの事情を称して難解だといっているわけだが、かまうものか、開き直ってしまおう。あるいは、もう難解だなんていわせない。というのも、これまでみてきたように、難解であるとは、逆説的ながら、コミュニケーションの可能性をひろげるということなのであるから。言葉の深い意味におけるヴァーチャル・リアリティを探求するということなのであるから。ただし、この場合のコミュニケーションとは、リアリティとは、人間対人間というより、古代的あるいは未来的（?）に、人間対世界のそれに傾く。

それでも私たちは詩を書く

もちろん、この逆説は理解されない。繰り返すが、理解される土台そのものがなくなってしまったからだ。それでも私たちは詩を書く。愚行だが、愚行によってしか、いまや人間は世界と向き合えないとしたらどうだろう。書くしかないではないか。

詩を書くということは、したがって今日、ほかの何にもまして反時代的である。そしてそのかぎりにおいて、べつに悲嘆にくれてばかりいる必要はないのかもしれない。おそらく、反時代的であるということは、どこかしら心地よいものでもあるからだ。早い話が、あのニーチェだって、千数百年にも及ぶキリスト教的西欧という時代に、ひとり反キリストとソクラテス以前という極めつけの反時代の旗を立てて書きまくったのだった。この狂気の哲学者にほんのわずかでもあやかれるのなら、物書きの冥利につきるというものではないか。

おそらく、いつの時代にあっても、幸福な詩の場所というのはないのかもしれない。不幸が詩をもたらす。戦争、圧制、カタストロフ、愛する者たちの死。いままた、インフラの崩壊というとびきりの不幸に襲われて、しかし、きれいさっぱり読者など存在しなくなったのだから、私たちはもはやその反応を気にする必要もなく、書きたいように書くことができる。あとは死後の生の輝きに託せばよいではないか。それがいつのことになるのか保障のかぎりではないけれど、死後の生に一日も百年もない。「死んだら死んだで生きてゆくさ」とは、あの本能的に楽天的な厭世主義者草野心平の言葉である。

では、最後に、すてきに反時代的な詩人群像から、ひときわ目立つ三人のベテランの仕事を紹介しておこう。吉増剛造と藤井貞和と高橋睦郎。もとより、それぞれの作風は一八〇度ほどもちがう。だが、決定的な共通項も存在する。三人ともいわゆる六〇年代詩人に属し、現代詩が若かった頃、いわば「詩の黄金時代」をリアルタイムに経験していながら、けっして過去のほうは振り返らないということだ。詩の困難な時代に、なお敢然と詩の可能性をもとめているということだ。八〇年代から九〇年代にかけて、ほかのベテラン詩人たちの多くが失速していったなかで、あたかもこの三人だけは、ただひたすら、それぞれの詩の場所を掘りすすめ、あるいは切りひらくことに余念がなかったかのように。だから、詩の衰弱などどこ吹く風であり、また、その作品はいきおい難解である。いや、爽快というべきだ。ときに破天荒な彼らのテクストのたたずまいをみていると、テクストというよりはアクション、固定したひとつの面というよりは活発ないくつもの線のようにみえてくる。

戻って来て、十月二十八日、世留《よる》（夜）布迦之《ふかし》
ハーレー・ダヴィッドソンを、盗む夢をみた、………

（「雪の島」あるいは「エミリーの幽霊」）

わたしのなかで「妖精《ハングル》」を喰《くら》ウ者、………
衣《きぬ》や羽衣《はごろも》を喰《ハ》ムおとがして、夜半《ヨハ》にわたしは目覚めた

（「木の、「妖精」の、羽衣が、……」、原文はハ音に傍点）

吉増剛造の最近の詩集『「雪の島」あるいは「エミリーの幽霊」』(集英社、一九九八)から引いた。万象の声の捕獲装置、それが吉増的主体だ。その近作は表記のアナーキーともいうべき様態をみせて、その正確な引用はほとんどもう不可能なほどである。実物をみてもらうにしくはないのだが、印象としては、まず声があって、おどろくべき多層の声があって、それらが、互いが互いを翻訳しあうように、かりそめ紙に降りて、テクストの姿をとっているというふうだ。いや、テクストというよりは楽譜である。したがって、そこからまた、鳥のアクションのように声が飛び出てゆくことだろう。

藤井貞和の場合はどうか。この詩人もまた、「詩が声のように生きられる場所はどこか」と声を問題にする。これも最近の詩集『「静かの海」石、その韻き』(思潮社、一九九八)から、その冒頭作品を引こう。

沸く谷地、ぬめり漲って、根へ垂れ、言語よおまえは、
ほろぶ「ゐ」「ゑ」という文字にすら、無喩の遊びを咲かせる
(「口語自由詩――いろは歌」)

この二行は、あろうことか、「いろは歌」のアナグラムとして書かれている。逆に言えば、ここには「語の下の語」のように、言語の無意識のように、「いろは歌」の声がひびいていて、テクストはそこからの飛翔と帰還のアクションなのだ。

高橋睦郎にいたっては、静謐な詩行の展開のうちに闇の力を凝視する翁の想像力（『柵の向こう』不識書院、二〇〇〇）から、短歌俳句のみならず日本詩歌のあらゆる古体に詩心を委ねて遊びつきない童のエネルギー（『倣古抄』二〇〇一）まで、そのアクションはさながら単体を越えている。『柵の向こう』に所収の「恐怖する人」では、つぎのように書かれる。

怖ろしさが終わることは　怖ろしさが始まらなかったこと
と同じだ　と考えることは　決定的に怖ろしい
お願いだ　この意味のない宇宙がいっぱいになるまで　怖
ろしさを成長させつづけ　増殖させせつづけてくれ　やめな
いでくれ

テクストからアクションへ。後続の私たちもこの描線を無視することはできないだろう。「ハーレー・ダヴィッドソンを、盗む夢をみ」ながら、「言語よおまえは」と呼びかける高度を維持し、その高度から「恐怖する人」として成長しつづけること。二〇〇一年荒野の旅の、どうやら出口がみえてきたようだ。

荒野のアクション

二〇〇一年の新鋭たち

1

なんだか、昔の西部劇みたいなタイトルですね、と言われそう。

2

だが、西部劇ではなくてSFの、「猿の惑星」という映画をご存じだろうか。私が子供のころブレイクしたアメリカ映画で、ついこのあいだ、テレビの洋画劇場で放映されていた。たぶんもう何度目かの放映になるのだろう。人種主義のプロパガンダともとれる他愛のない作品で、見るだけ時間の無駄だとはわかっていながら、なつかしさのあまりつい画面を追ってしまったが、さすがに以前とはべつの感想があった。

地球を発って恒星間飛行をしていた宇宙飛行士が、とある惑星に不時着する。見渡すかぎりの荒野をよぎって森の方に行くと、そこでは猿が人間を支配している。知能が逆転してしまったのだ。幾多の苦難ののち、宇宙飛行士は猿社会を離れてまたもとの荒野に戻ってゆくが、そこで見てはならないものを見てしまう。波打ち際に、なんとあのニューヨークの象徴、自由の女神の残骸が晒されているではないか。つまり宇宙飛行士は、相対性理論の通俗的解釈そのままに、千数百年後の地球に戻ってきていたのである。

というわけで、べつの感想とは、ひとつには、当時「衝撃的」と喧伝されたこの有名なラストシーンが、時期的にアメリカの同時多発テロを想起させたということだ。だが、これは放映に接した誰しもが感じたことだろう。もうひとつは、主人公たちが不時着した惑星の荒涼たる風景、それは実は人間の文明が死に絶えたあとのほかならぬ地球の光景なのだが、そのアフターマンの荒野が、なんとなくわれわれの時代の文化状況に同調してしまって、奇妙に無力感の漂うような気分に襲われてしまったということである。

そう、われわれの時代の文化状況もまた、見渡すかぎりの荒野である。かつてはこのあたりに芸術的ヒエラルキーという名のピラミッドがそびえていたはずだが、ここ数十年のあいだに突き崩されて、いまではアーティストといえば大衆音楽を発信するミュージシャンのことだし、詩人といえばなんとなく怪しいストリートパフォーマーのことであったりする。

他の場所でも書いたことだが、三浦雅士の長篇評論『青春の終焉』によれば、そのような正真正銘の大衆社会状況は、ちょうど「猿の惑星」の公開時、つまり六〇年代後半に始まり、それから七〇年代にかけて、大学が死に、教養が死に、革命が死に、芸術的前衛が死に、要するに「青春」という名でくくれる一切のものが死に絶えていったのだという。

なるほどと頷かざるをえない。わずかに私なりの敷衍を加えるとすれば、「青春の終焉」とは、すなわちロマン主義の終焉ということになろうか。そうしたなかで、あらたに現代詩——このもっとも純粋でラディカルな「青春」の化身！——を立ち上げようとする新鋭たちの動きは、おのずからこれまでの新鋭のありかたとはちがったものにならざるをえないだろう。これまでの新鋭なら、まずみずからを先鋭的な否定性として立たせることができた。だが、あらかじめの荒野という身も蓋もない汎否定の大地のうえでは、どんな先鋭的な否定性も砂漠の水のごとくに蒸発してしまう。あるいは、はやい話が、先行世代の達成を否定的に微分しようとしても、もはやどこにそんな達成がみえるだろうか。詩の衰退？　かつてはそんなふうに言われた時期もあった。けれどもそういう言い方自体、件のピラミッドを前提にしてのことだろう。むろん、言葉があるかぎり詩は産出されてやまず、衰退など関係ないのだが、おそらく、そうして生まれたり死んだりする詩をさまざまな場所（衰退という名のゲットーまで含めて）に位置づける時間的な交通整理、つまり詩史こそが、さきの世紀のちょうど八〇年代くらいで終わってしまったのだ。

誰も助けてはくれない。詩の歴史への位置づけはおろか、誰も流通に乗せてくれないし、誰もメディアに取り上げてくれない。現代詩をめぐって、その読者不在がいわれて久しいが、それはかならずしもジャンルの側、書き手の側のせいばかりではない。そもそも、このジャンルを成り立たせていたような多少とも知的で感性豊かな読者の層が、「猿の惑星」のかつての人類のように、忽然と消えてしまったのだ。それでも詩を書きたい、書かなければならない、あるいは書かされてしまうという、おそろしいほどの孤独と不安、あるいはそれを覆い隠すための、これまたおそろしいほどの脳天気。今日の新鋭を襲うであろう気分をひとことで述べるなら、そういうことになろうか。

だが、もうひとひねりしよう。今日の新鋭は、したがっておのずから反時代的である。そのひとり、田中宏輔は書いている。

詩を書くということは、愚かなことであろう。さらに、詩集を出して世に問うということは、いっそう愚かなことであろう。しかし、その愚かなことを成すことによってしか救われない魂があるのである。

（『みんな、きみのことが好きだった。』あとがき）

愚行を突破口にというその心意気やよしだ。エール代わりにニーチェの言葉を引いておこう。「反時代的な様式で行動すること。すなわち時代に逆らって行動することによって、時代に働きかけること。それこそが来たるべきある時代を尊重することであると期待しつつ」（『反時代的考察』）。

3

さてそこで、二〇〇一年の新鋭たち。ここで取り上げるのは、関口涼子『ふたつの市場、ふたたび』（書肆山田、二〇〇一）、松尾真由美『密約——オブリガート』（思潮社、二〇〇一）、田中宏輔『みんな、きみのことが好きだった。』（開扇堂、二〇〇一）、浜田優『天翳』（水声社、二〇〇一）、松岡政則『ぼくから離れてゆく言葉』（澪標、二〇〇一）、小峰慎也『偉い』（私家版、二〇〇一）、荒川純子『ステップアップ』（思潮社、二〇〇一）、立野雅代『皮膚のまわり』（あざみ書房、二〇〇一）、海埜今日子『季碑』（思潮社、二〇〇二）、伊武トーマ『a＝a』（思潮社、二〇〇一）の十冊。編集部とも相談して、目についた詩集をピックアップしてみたわけだが、たとえば九〇年代の前半から活躍して、すでに数冊の詩集を持つ田中氏や関口氏のどこが新鋭なのか、いぶかる向きもあるかもしれない。選択はあくまでもアバウトである。もちろん遺漏もあるだろう。とはいえ、この十冊を横断することによって、多様に広がる新鋭たちの仕事のかなりの部分はカバーできるのではないかと思う。

4

まず、関口涼子の『二つの市場、ふたたび』から始めよう。関口氏にはごめんなさいだが、この書物をやや意地悪く読むことから、なにか見えてくるような気がするのだ。作品は章立てもないただひたすらな断章の集積から成り立っているが、もとより、力量ある書き手によって編まれたひとつの美しい達成である。巧みにも満ちている。「二つの市場」というと、私などはとっさにソウルの南大門市場と東大門市場を思い浮かべてしまうが、ここに描かれているのは、そのソウルを東端としてユーラシアを貫くバザール文化の、むしろ西端の方の市場であろう、などという他愛のない連想は、その巧みによってたちまち砕かれてしまう。

でも、唯一、市場と私たちが、幻影ではないものを知っていて、それが私があえて留まっていたもう一つの理由だった。読まれることでこのような空間を作り上げるテクストとそれを読もうとして空間に入り込むテクスト、変容をうながし、自分の言葉の持つイマージュをさらに与えようとするテクストとあらがうテクスト、どのようなメタモルフォーズと暴力の場が生じているにせよ、言葉であるかぎりここでだけは本当の温度を持つ日光が射す。

「市場」も「私たち」も、ともに「テクスト」だという。これを望ましい重層ととるか、要らぬメタレベルの導入ととるか。十年前ならまちがいなく前者につき、その巧みに驚嘆したことだろう。だがいまは、後者のほうに傾いてしまう私自身の気分をどうすることもできない。より詳しくどういうことかというと、作品の内容はシジョウではなくてイチバと読むほうの市場を扱っているわけだから、このハイパー市場主義の時代に、それこそ端的に反時代的といえばいえるが、その市場や「私たち」がたえずテクストの喩へと反転してしまうあたりは、悪い意味でかなり脳天気ともいえるのではないか。つまり、そのように書くかぎり、結局のところ「テクストの外はない」（デリダ）のだから、全体がひとつの大きな閉じられた系をつくってしまうことになる。イチバがイチバとして立ち上がってこない。もちろんそんなことはこの聡明な作者には百も承知で、それでもいい、その閉じられた系の息詰まるような美しさをこそ書きたいのだから、と言っているのだ。でも、いかがなものだろう。詩がテクストと相同的に語られていた時代へのノスタルジー、それはたしかにかき立てられるが、その程度の反時代性では、いまや中途半端なのではあるまいか。関口涼子は、主知的な詩人としては群を抜いているだけに、かえってむずかしいところにさしかかってしまったようだ。もしかしたらガクシャになってしまうのかもしれない。

松尾真由美の『密約——オブリガート』は、関口作品とはややちがった意味で、これもひとつの美しい達成である。ここではいわば、メタレベルの侵入の必要がないほど詩的連辞への確固とした信があるかのようであり、行から行への言葉の運びは誰よりも巧みで柔軟だ。官能的であるとさえいえるかもしれない。

とある午後
ふいに
片言から垂線をひき
空を見あげる植物となって
釘づけられた
昼の月の
淡い輪郭をさぐる
巣穴の腐蝕のような

あるいは儚い夢の暗転の
隠された根拠をめぐり
辺境のもどかしい磁場に佇み
私はそこでかすかな足音を聴く
奔放で未熟な触手をのばし
日差しのなかであなたを待ち
そうして緻密なあなたをとらえ
うっすらと暗黙の空欄を開いていく
汀でからまる影の所作をあじわい
すがりつく指先が傷の悪意をはらみつつ
いずれ壊れるこの愛しい私たちの矩形の箱は
ともすれば残酷な檻にふさわしい

（「眠らない種子の経路」部分）

「私」と「あなた」の秘め事を現代詩の語法で語ったらこのようになる、とでもいえばいいだろうか。散文のラブストーリーしか知らない現代人には寿限無のようにしか聞こえないだろうから、反時代的な気分はいやがおうにも盛り上がる。書かれるべき官能に、それを担う言葉が同調してやはり官能的となり、もはやどちらかどちらだか区別がつかないほど渾然となっているが、内容と表現とのこのような婚姻こそ、現代詩が夢見てきたことなのである。うっとりと引き込まれながら、私はしかし、時は流れてしまったとも思う。この婚姻の理解者が、見渡すかぎりの荒野のどこか地中深くにでも、ひとりふたり隠れていてほしいと願うばかりだ。

5

以上、達成度においてすぐれている二つの詩集をみた。さて今度は、アフターマンの荒野をうねる足の生えた蛇のような、進化の冗談のような、田中宏輔の『みんな、きみのことが好きだった。』に移ろう。関口や松尾の作品世界とは対極にあるような書物である。技芸の零度。というか、その零度をいいことに、言葉と言葉がざわざわと別様の集まり方をする。偶然性の悪意とでもいえばいいのだろうか、したがって当然、他者のテクストが執拗に導入されているが、メタレベルの匂い（たとえば「引用の織物」といったような）は何ら感じられない。統べている原理はただひとつ、人が言葉をつかうのではなく、言葉が人を使役しているという数学的冷静で、ゲイの書法とは、いやアクションとはこのようなものであろうかと、感嘆することしきりであった。たぶん田中氏は、ゲイでなければ詩を書かなかっただろう。その情動は、テクストを編むという典雅な閑暇の時間を突き抜けてしまう。それがアクションだ。集成詩集であることを差し引いても、この『みんな、きみのことが好きだった。』は、本年度ナンバーワンの脳天気な快作ないし怪作であろう。部分的な引用ではとても真髄は伝えられないが、冒頭のごく普通の行分け形式のパートから引いておく。

カバ、ひたひたと、たそがれて、
電車、痴漢を乗せて走る。
ヴィオラの稽古の帰り、
落ち葉が、自分の落ちる音に、目を覚ました。
見逃せないオチンチンをしてる、と耳元でささやく
その人は、ポケットに岩塩をしのばせた
横顔のうつくしい神さまだった。
にやにやと笑いながら
ぼくの関節をはずしていった。
さようなら。こんにちは。
音楽のように終わってしまう。
月のきれいな夜だった。
お尻から、鳥が出てきて、歌い出したよ。

（「頭を叩くと、泣き出した。」部分）

松岡政則の『ぼくから離れていく言葉』も、技芸とはあまり関係のないところで書かれている。だからこそというべきか、端的に、言葉のもつ力、あるいはその暴力性（なつかしい！）といったことまで想起させる、これもすぐれて反時代的な詩集であると思う。

ぼくはまだ
どこにも行っていない
何もしていない
空をこわしたことがない
あなたに触れたことも
雨の降る夢をみたこともない

（「積乱雲」部分）

「空をこわしたことがない」――ここで私はうなってしまった。この一行に、田中氏のゲイのそれにも匹敵する情動の強度が裂開している。そう、またもアクションだ。テクストからアクションへ。松岡氏のこの詩集を読み進めてゆくと、そんなことまで頭をよぎる。草をめぐる詩篇がとくにいい。ここでは草は、メタレベルと複雑に絡み合った関口的市場の無限の閉域性とはちがって、たんなる自然の一閉域ながら、大地的夢想の集中によって無限の豊かさを内包し、かつ、外へと激しく緊張してもいる。これなら、荒野でもなんとか生育できるかもしれないと思う。

そして、笠井嗣夫の「現代詩手帖」詩書月評によってその存在を知らされただけの未知の書き手、小峰慎也の『偉い』も、このアクションの系列に加えよう。詩集というよりは同人誌の体裁のような小冊子であるが、かえってそのパンフレット性が不穏なアクションの匂いをかき立てるかのようだ。つぎのような作品が収められている。

決めた
九時ならば
なんとかなる
あの　九時だ
九時
から暴力をふるう
決めた

（「剛田」）

6

松岡氏の詩集のあとがきに、「草の外に出たばかりに失った、鮮やかな身体感覚」とあるが、荒川純子の『ステップアップ』と立野雅代の『皮膚のまわり』がテーマとするのも、おそらくその「身体感覚」だ。ひとつの発話する身体であるこの自己というものの権能について正確に測定してみようという、時代も反時代もない微小な肯定性のきらめき。それはそれで十分に魅力的である。たとえば『皮膚のまわり』では、「湯ぶね」でくつろぐ「あたし」の皮膚の近くに蜘蛛がいる。つぎに引くのはそれからの展開。

湯ぶねで目をつむる
あたしに住む蜘蛛は

ぺしょんと絡んだ糸の中にいる
いつか
みごとな巣を張り
露をかざって朝陽に光って
みたいが
それはそれでおどろしい

（「蜘蛛と入浴する女」部分）

ただ、荒川純子の場合、なんというか皮肉なタイトルの詩集になってしまった。というのも、第一詩集『デパガの位置』のすばらしさを思うと、やや低調な気がしないでもないからだ。おそらくそこには、拘束と解放をめぐる微妙な問題が横たわっている。「デパガの位置」という閾――「なんて小さな場所だったのだろう、私のいた場所」――が、その閾にぎりぎりとどまらせる拘束の力が、あのような夢見られた身体の跳梁を、その驚くべき自在な遍歴のルートをもたらしたのだった。ところが、ひとたび解放されて街に出ても、都市をめぐるまなざしはどこか気が抜けたよう、でなければ妙に傍観者的で、少しも都市と交わろうとしていない。荒川氏のおおらかな想像力の可能性に期待するだけに、あえてこの『ステップアップ』を拙速と断じておこう。

浜田優の『天翳』は、さしずめ荒野にしたたり落ちた一滴の清冽な水ともいうべき、地味ながらたしかな詩の在処を伝えてくる好もしい詩集である。言葉とともにあることの悦びとおそれ、権能と限界が、山を歩く詩人の身体や歴史とのかかわりを通して、そのふたつのアクションを通して、静かにひたひたと定着されて間然するところがない。

とうめいなおんがくが
いくつもわになって
ぼくのからだをまわっている

もう叢み　しげく
白日に　泉　の
咽喉　をひたし

斑　斑　斑　斑　斑
かげ　ふる　しげ
み　のみ

（「透明な音楽」部分）

山という地理的な高さと、歴史という不可解な深みとの往還が織りなすこの詩人の「いま＝ここ」の光と影を浴びていると、「見渡すかぎりの荒野である」などと泣き言的状況論からしか書き始められない私自身が、すこし恥ずかしくなる。

7

気持ちが引き締まったところで、ラストスパート。

8

テクストからアクションへ。いまやそのような描線が浮かび上がっているだろうか。だとしたら急いでぼかしをほどこしておかなければならない。どんな詩も多少はテクストでありアクションであって、その度合いだけが問題なのだ。あるいは、テクストを面に、アクションを線にたとえることができよう。線だけでは頼りないし、面だけでは動きが鈍い。それに、私は何もひとつの時代的な推移を描こうとしたのではなかった。すでに述べたように、詩史は死んだのである。天秤座の私としては、最後に、テクストとアクションのあいだで危ういバランスをとっている二人の新鋭、海埜今日子と伊武トーマの仕事を紹介して、それをこの小論の締めくくりとすることができるだけだ。

海埜今日子の『季碑』は、テクストというにはところどころに不思議な破調があって、そこからアクションの風が吹き込んでくるような詩集である。その風はリアルの手触りといってもよい。リアルとはこの詩人の場合、父であり幼年であり大地であるが、それが、ちょうど関口作品においてイチバがイチバとして立ち上がってきてほしいと願望するまさにその地点に生起するのだ。

だれかが終息をおよいでいる。透明に掘りおこされ、投げられた土くれは、花弁のかたちにむかったでしょうか。退席者がふりむいた中途。砂でも波でもない、ながれのわずかなひっかかりに、不在の儀式は、中断でない休息をとる。汗のように地面を這ういきれ。こどくよりも影をなさぬ骨が、ありえた凶器をひきのばすので、日だまり。草がそっと、おらびのかたちにまぶしさをもらした。だれかが終息をおよいでいる。

（「完全な日だまり」部分）

読まれる通り、「テクストの外はない」ことの実践が関口作品であるとするなら、海埜作品はさらにすすんで、「連辞の外はない」とでもいいたくなるような実践で、語の結合にすべては賭けられているかにみえる。それはそうなのだが、松尾作品におけるような連辞への信ともちがう。その結合は同時にかなりランダムで、その結果、連辞の影であるスラッシュ、皮膜、閾、中間地帯といったものが強調されるのである。そこを通って大地と身体、生と死、「私」と「あなた」といったものが実に自在な交流を果たし、もうほとんどインファンス、言葉なき幼年、そう、気がつけば「連辞の外ばかりだ」、みたいな。「めまいのようだ、海埜今日子の詩を読むことは」と、私も思わず栞に書きつけてしまったゆえんである。

伊武トーマの『a＝a』においては、これも私が栞を書いているので、それを繰り返すことになるが、人を食ったような同語反復のタイトルとは裏腹に、寸断された身体像がきりもなく換喩的に横滑りしてゆく。

透明な火柱がここあそこと無造作につらぬく、打ち捨てられた野の、透明な壁に囲まれた部屋。液状化を言葉のスケールで測る、火柱を過っては消え、また過っては消える大小さまざまな頭蓋の影。

野、殴打されたままの部屋。夜ごと歪められるテーブル、骨。わたしの額は石の火だ、わたしにはわからない、傷が背後にあるのか、足音の先にあるのか、

足音は空気を裂き割る、足音は迫る。救済信号が明滅する、わたしが額にしわをよせるように、火花を散らす傷、また傷。

（「連禱」部分）

この「主体なき痛点」の世界、それはそのまま、あるいは言葉なき幼年よりももっと向こうの、

われわれの生のはじまりであり根拠であるところの「無力な受難」（ラカン）であるのかもしれない。それが、まさにテクストに傷を彫り込むような書法で言語化されているのだ。そんなばかな。いやしかし、そう思わせてしまうような力の行使が、まさにアクションが、この詩集にはある。「われわれはヒヒの言葉が話せる――真夜中のプールでは」――なんて、冗談にしても、そう簡単に書けるものではない。人間の言葉をしゃべる猿という「猿の惑星」の通俗的空想とは逆の、真に恐ろしい人間の動物への生成！　ニーチェへのあやかりついでにいうなら、この詩人には――変な言い方だが――狂う資質があるのかもしれない。ご自愛のほどを！

荒野の卵

二〇〇六年の新鋭たち

五年前、というかもう五年も経つのか、「荒野のアクション――二〇〇一年の新鋭たち」と題してその当時の新鋭詩人たちの詩集を展望したことがある。いままた、石田瑞穂、杉本真維子、藤原安紀子、水無田気流、斉藤倫、小笠原鳥類、コマガネトモオ、キキダダマママキキ、手塚敦史、久谷雉、永澤康太、三角みづ紀――これら十二人の新鋭詩人たちを編集部より与えられて、その背景はしかし依然として、あるいはなお一層、荒野であろうと思う。そこで荒野の卵。このたびはアクションではなく卵にしよう。十二個の詩の卵が荒野に置かれている。

卵であるからには、さまざまな分化に向かう力線にあふれているということだ。そのあふれを生成と置き換えてもよい。全く唐突だが、以前私は、ラグビーを取材した詩において、「紅葉走る、紅葉走る、卵をかかえ、卵になって、卵のまま」と書いたことがある。卵であるとは、たんに殻を割ってそこから雛があらわれるあの丸みあるかたちをいうのではない。そうではなく、生成でありつづけること、いずれ何にでもなりうるが、いまはしかし安住すべき拠点もなく、あらかじめ定められた目的もなく、そうした状態のまま、いつまでもかたちをなしていない力でありつづけること。というのも、一方で今日、私たちの生は、その内面も含めてくまなく管理され、苛烈な経済原則へと方向づけられている。荒野の荒野たるゆえんであるそのような時代状況下では、卵という未決定的な力のうごめきになにごとかを託すというのも、考えられうるひとつの有効な抵抗のアクションであり、自由への夢であるように思われるのだ。

＊

こうして、詩はついに、あるいはふたたび――だが、いつを受けてふたたびなのか？――内在的なものとなりつつあるようだ。ひきこもるというのではない。ひきこもりならば何かしら詩の外部というものを設定し、現実でも社会でも世界でも、あるいはたとえば存在という超越的な概念でもかまわないが、そうしたものに対するみずからのあまりもの無力さないしは卑小さを自覚して、ある種シニカルな実践にみずからを限定するものだが、ここでいう内在的とは、そういうことではない。むしろ、どうしようもなく特異なみずからというものを、その特異なままに生きようとすること、詩とは生成であるとして、未決定的な力がうごめいているその流れに忠実に、あるいは避けがたくその流れの内側に入り込みながら――みずからも流れである以上、どうしてその外側に立つということがありえよう？――言葉を紡いでゆくこと。

思えば、詩はこれまで、余計なことを考えすぎてきたのかもしれない。コミュニケーションであるとか、他者性であるとか、愛であるとか、癒しであるとか、あるいは逆に、言語の美であるとか、言語の自律性であるとか。だが結局、詩は、みずからがそうしたどこへも解消されないただの特異な出来事にすぎないことに気づいたのだ。とするなら、どこまでもそれを、その特異化を、詩一般の詩性を超えてまでおしすすめるよりほかないではないか。

＊

荒野に置かれた十二個の詩の卵のうち、年長格の石田瑞穂の作品は、こうした内在性をいちはやく体現しそれを十分に生きながら、それでもまだ言語の美への配慮や抒情主体の定位といったものに、みずからの特異性と詩一般の詩性とのあいだのいわば微調整の役割を与えているように思われる。つまりそれだけ詩としての完成度が高く、内在や特異ということだけでは語りきれない次元に超出しているともいえようか。

退化は発生においてすでに刻み込まれていると、梢に痙攣する光に肩を叩かれ、
梢は梢へと自らを欺きながら抱き合い、回想の回想、
樹木は樹木自身の片鱗へと輝く

侵入がある、一滴の涙のような

（「片鱗篇　アエネアス」より）

十二人中あるいは最年少かもしれぬ久谷雉も、意外にもその次元に超出しており、とりわけシニフィアンとしての日本語固有の柔らかさへの感応は群を抜いている。ために、どうかすると、母胎である日本語そのものによってみずからの特異化への流れが回収されてしまわないともかぎ

らないという危惧を、そう、才能ゆえの危惧を、私などは感じてしまうのだ。

＊

内在の詩は、とくに、小笠原、キキダダ、手塚、コマガネといった詩人たちの作品において剝きあらわれているようにみえる（今回の新鋭には数えられていないが、彼らにとって外山功雄の存在は大きいだろう）。他へと関係づけられた主体の情動の言語化を抒情と呼ぶならば、彼らにはもはや抒情でさえ問題にはならないかのようなのだ。なぜなら、内在の詩においては、特異化の果てしない剝きあらわれにおいては、なによりもみずからが他なるものなのであり、みずからこそが、驚きと未決定と分化に満ちた見知らぬ誰かなのであり、他すなわち自己、それはもちろん主体の自己同一性とはちがうが、それでもなお、その外はないのである。

小笠原鳥類。誰が何を語っているのか、というような視点では、この詩人の作品はもう完全に読み得なくなっている。つまり、多数が多様に語っているのだ。図鑑が犬のように、深海がテレビのように。そういう意味では衝撃的な世界である。とりわけ、彼は徹底して動物にこだわる。動物こそは主体なき内在世界を自在に移動し、柔軟に他と接合しうるからだ。彼にあって動物はたんに夢想の対象であるばかりではなく、表現の実質そのものでもある。その介在によって文は完結せず、脱臼につぐ脱臼を、分岐につぐ分岐を、接木につぐ接木を繰り返しながら、全体としてひとつの怪物的なテクスト、爆発的な進化に晒された古生代の海岸のようなテクストを現出させるのである。

涼しい、海水の中を蝶のようにひらひら舞う鮮やかな青いオレンジ色のイソギンチャクが、小さな犬であれば　なまこ、見る、薔薇、それが海水の無脊椎の生き物のように生き生き　の曲線を描きながら、たいそう（大層、体操）バウムクーヘン生き物の運動・体操、犬オリンピック…

（「室内楽　花咲く海岸」より）

しかし同時に、それがひらりか滑らかな書法のテーマパークのようにみえる瞬間もあるということもまた、指摘しておかなければならない。特異化が剝きあらわれたつもりが、じつは平滑な空間に転化しうることもあるのだとしたら、それこそは真に恐るべき事態というべきかもしれない。

キキダダママキキ。この詩人の詩も衝撃的だ。その内在空間にあっては、欠落は欠落のまま、吃音は吃音のまま、言い淀みや言い違えもそうした状態のまま、あたかも他の通常の語と同じ意味的負荷を充塡されているかのごとく、テクストにばらまかれている。というか、テクストそのものがひとつの大きな身体、情動の強度に貫かれたひとつの大きな肉のゾーンなのであって、そこではたとえば、非常口のようになにかしら切実で一回的な言葉の裂開があり、またそこでは、他者の言葉を聴きたくともその換喩としての身体的ノイズが聞こえるばかりであり、あるいは、すでに体内化された他者のような不吉な連辞的結合のひびきをほかならぬおのれの脳内に聞くほかはないのである。

なぜ臍を切られなければならなかったのか、その後をわたしたちは思考せねばならぬわたしと。わたしとの間は失われてしまったそう、間などない。極めて祝福せよ。間などという幻想は捨てる。間のない腸が全面だ。

（「（自由な磔刑……）」より）

コマガネトモオ。この知と情動の見事なバランスのうえに生起するのは、ただ出来事としかいいようのない何かだが、それはもうほとんど自己と区別がつかないくらいに身体化されていながら、なお違和の装置として力能をふるうような出来事であり、その場合、もはや外界でも内界でもない微妙な中間地帯の現出により、それをまえにしては主体の場所も安定したパースペクティブのうちに捉えられなくなって、さまよう眼にすぎないかのようだ。その不安。だが、その悦び。

びっしりと
熟れた実のようにはりついて
はりついたままゆっくり回転しながら
（むい　ちゃん、ずっと笑っていてよね）
覆い尽くしているのだった。
（むい　ちゃんが緩むと光がにじむ）
樹液にひかれてか、

集まるのだった。
できもののように、
集まるのだった。

（「最密充塡むい」より）

手塚敦史。言葉を操るその繊細な手つき、どこかなつかしい音律、抒情を保証する親しい他者の召喚――それらはしかしこのうら若い詩人の詩のかけがえのない美質というにすぎない。それが特異なものとして剝きあらわれてくるのは、意外にも、およそ非詩的な数字との出会いを介してである。数字は、手塚作品にあって、小笠原作品における動物と同じ力能を果たす。「一一一リットル」「五八デシベル」「六三里」「標高五・一三メートル」――これら恣意のかぎりをつくしたかのような数字との接合によって、詩的テクストは、一気に、語の深い意味での言語の記号性、その美しくもむきだしの、無限の記号性へと内在化されるのである。

＊

おや、紙数も尽きてきた。与えられた十二名のうち、まだ半数ほどを取り上げたにすぎない。ただ、内在の詩という観点からこれまで言及した六人は、ふつうの批評の射程にはなかなか入りにくいのではないかと思われる。反対に、たとえば水無田気流、杉本真維子、斉藤倫、三角みづ紀といった詩人たちにおいては、その詩的主体は比較的くっきりとした輪郭のうちに立ち上がっており、そこから繰り出される内容も表現も十分に詩性に富み一般通用的であるから、読まれ、論じられることも多いのではないか。だからといってもちろん、彼女たちがここで取り上げた詩人たちより才能において劣っているというのでは全くない。一方、永澤康太、藤原安紀子——彼らも詩のこれからを担う詩人であり、とくに前者におけるハイパーテクストを模したような書法の襞、後者における「詩的ライセンスとたたかう言葉」(藤井貞和)の果敢さは、ともに大いに注目に値する。

結晶へ襞へ
「女性詩」この十年

もう何度か繰り返している言明だが、男である私は、せめて詩において女への近接ゾーンそのものでありたいと思う。ましてや女は、詩においてより深く女になるであろう、なるべきである、なるほかない。私が言いたいのはそれだけであり、以下のさまざまな個別的事例についての考察は、その長い長いつけ足しにすぎない。とはいえ——

＊

編集部からの要請は、一九九五年前後から現在まで、ここ十年くらいの「女性詩」の様相を描き出せ。しかし私は「女性詩」という呼称を好まない。女によって書かれた詩、端的に私とは異なる性——おおゆったりと重たげな性よ、母たち妹たちよ、血と乳と分泌と言葉とに満ちた多数多様のやわらかな漏刻たちよ——によって書かれた詩を読むのは好きであり、男が書くおおむね粗雑な詩からはそれをきちんと区別したい気持ちはあり、したがってまたそれについて論じるのも全然やぶさかではないけれど、「女性詩」という呼称は、できれば避けたいと思う。

たしか一九九五年前後というのは、新川和江とともに「現代詩ラ・メール」を主宰していた吉原幸子が病に倒れて、同誌がその役割を終えた頃ではなかったろうか。ときあたかも、新井豊美の記念碑的な批評の仕事『「女性詩」事情』が刊行されて、「女性詩」なるものがひとところの総括をみた時期でもあった。ひとつの時代が画されつつあったのだ。それ以前の、「女性詩」という呼称がそれなりに機能していた時代と、やはり依然として女によって書かれながらも書かれたその詩がどこか従来の「女性詩」のイメージとはずれてきてしまっている時代と。前者を「ラ・メール」の時代、後者を「ラ・メール以後」の時代と仮に名づけ、ここではその「ラ・メール以後」の女性詩人たちの群像を、作品に沿ってできるだけ生き生きと描き出してみたいとする企みなら、私にはある。

たとえば「ラ・メール」の時代を伊藤比呂美に代表させ（これには誰も異論があるまい）、「ラ・メール」以後の時代を小池昌代（『永遠に来ないバス』思潮社、一九九七、『もっとも官能的な部屋』書肆山田、一九九九）に代表させると（これには異論があるかもしれないが、この十年でもっとも華々しく活躍した女性詩人は彼女である）、二つの時代の違いはそれなりにはっきりするような気がする。そこでまず、つぎのふたつの詩だ。

わたしはまるめて
白玉を茹でる蜜を煮つめるそしてひやす
とてもせつない
のぞみふくませて

とろとろの蜜
つるつるの白玉
わたしの男がそれをのみこむ
唾のようなとろとろ
尻のようなつるつる
そのあじわいはどうか？

歪ませたくないと
せつなく男もおもったのである
およんだな
わたしの分泌するわたしの食物
いとしい男に
ふかくふかく

ゆであげる前も楽しいのよ
固いこちこちのみどりのかけらが
湯をくぐり
ふっくらと

（伊藤比呂美「歪ませないように」後半部分）

くぼみはくぼみ、そのままにゆであがり
くちに含めば
まだ固さを残して
みどりの舌
そのちいさくて、たのもしい
あつみのある若い舌がわたしの舌へ
ぼってりとかさなる
歯にわらわらと
やさしくくずされ
くだかれてしまう
くだかれてしまう
空豆を食べる
えいえんの輪のなかで
わたしはあのひとの不在にさわる

（小池昌代「空豆がのこる」後半部分）

「歪ませないように」は伊藤比呂美の比較的初期の代表作であり、のちの『テリトリー論』などの過激な「産む性」の詩にくらべるとまだしもおだやかで微笑ましい感じがする。一方、詩集『永遠に来ないバス』に収められている「空豆がのこる」も、希代のテクニシャン小池昌代のとくにすぐれた作品というわけではない。ただ、どちらも食べ物をあつかった詩であり、口唇という食と性のトポスが中心に据えられている。比較しやすいわけだ。

さてまず伊藤作品は、女が白玉をつくって男に食べさせるという場面設定だが、「歪ませないように」という命令通りに食べる男の口唇をみて、いつのまにか白玉は「わたし」の肉体に重ねられ、食行為は性行為へと切れ目なくつながってゆく。「わたし」は一見尽くすタイプの古風な女性のように見えるけれど、「およんだな」という一行は、それだけで男の影を薄くしてしまうほどのインパクトにみちている。「わたし」という「分泌する」主体はまさに他者の口唇において権能をふるい、攻撃的でさえあるのだ。

これに対して小池作品では、「わたし」はやはり男に食べさせようとして空豆をゆでるのだが、ゆであがる前に男は出ていってしまい、ひとりで空豆を食べる羽目になる。空豆は「みどりの舌」「あつみのある若い舌」と隠喩化されて官能的な意味合いを帯びるけれど、それはなんとなく「あのひとの不在」に対して代補的である。つまりそれによって主体が変容するわけでもなく、他者が呼び入れられるわけでもない。主体は小さく安定しており、孤独であり、その分言葉の力が信じられて、他者とのかかわりよりは言葉による隠喩関係の創出がねがわれている。主体にとって世界は発見すべきアナロジーの場であり、というか、もしも意味深いアナロジーのひとつでも発見できるならば、それで世界は回復し、主体の孤独も宥められるのである。

じつに端的な違いではないか。主体の膨張分裂／安定縮減、ジェンダー的主題の突出／後退、怒り／優しさ、共生／孤独。スラッシュをへだてて、いうまでもなく前の項が伊藤比呂美、後の項が小池昌代である。私はそれを、ふたりのすぐれた詩人の資質や個性の違い、というふうに回収してしまいたくない。「ラ・メール」／「ラ・メール以後」の違いでもあると思うのだ（そしてこのスラッシュがバブル経済の崩壊という「下部構造」の転換とうっすら対応する）。「ラ・メール」から「ラ・メール以後」へと、「女性詩」はある種の熱的死を迎え、冷えていった。けれども誤解しないでほしいのは、その冷えがそのまま詩の劣化を意味するわけではないということだ。冷えなければ美しい結晶作用をみないという場合もある。小池昌代が果たした詩的達成とはまぎれもなくそのようなものだろうし、またあとでみるように、主体の縮減や孤独を逆手にとって、そこを内在的な襞の生成する場に変えていった一群の詩人たちもいる。

そうして、いずれの時期にあっても強くその個性を発揮することのできた希有な詩人が井坂洋子（『地上がまんべんなく明るんで』思潮社、一九九四、『箱入豹』思潮社、二〇〇三）ということになろうか。「ラ・メール」の時代にあっては、荒川洋治にその才能を見出されたということもあって、いわゆる「修辞的現在」と「女性詩」とをつなぐ役割を果たし、だがやがて、次第にその透徹した幻視家としての資質をあらわにしてゆく。それが「ラ・メール以後」の時期に対応するが、昨年、ほぼ十年ぶりの詩集刊行となった『箱入豹』においても、タイトルが象徴するように、異界は私たちの生の真ん中にひそんでいて、その異界をひらくと、その真ん中に今度は私たちの生がひそんでいる、というふうにすべてはすすむ。つまりは互いが互いの入れ子のような、この世の構造の本質的な隠喩性を、詩人は、やはり本質的に隠喩的な言葉の力であきらかにしたといえる。恐るべしだ。たとえば「血流」と題された詩の後半二連は、

死は物体になる誘惑
じぶんの奥に無限の道があり
はじめはこわごわと
最期は駆け足で
さかのぼる

母の顔も忘れ
一生を
ふいにする
よろこびに焼かれて

となっていて、これもまたひとつの冷えた結晶であろうか。なお、若い世代からは蜂飼耳（『いまにもうるおってゆく陣地』紫陽社、一九九九）、杉本真維子（『点火期』思潮社、二〇〇三）らが次なる結晶作用を担う可能性がある。

＊

もうひとつ、今年（二〇〇四）の萩原朔太郎賞に平田俊子（『ターミナル』思潮社、一九九八）の

『詩七日』が、土井晩翠賞に山崎るり子（『おばあさん』思潮社、一九九九）の『風ぼうぼうぼう』が選ばれたことも、「ラ・メール」／「ラ・メール以後」をめぐってなにかしら象徴的であるように思える。もとより、いずれも魅力的な詩集である。ただ、平田も山崎も、これまでどちらかといえば諷喩による展開つまり寓話をベースにしてきたところがあり、今回の受賞作においても、多少そこからの離脱を試みる動きは窺えるにせよ、基本的にそのベースは変わらない。すなわちその点がすぐれて「ラ・メール以後」的であるように思えるのだ。そして、小池昌代でさえも、たとえば「雨男」のような近作において寓話的な書法に接近していることは、じつに驚くべきことではないだろうか。寓話のこのインフレーション。

もちろん、寓話という手法は「ラ・メール」の頃からあった。というか、戦後現代詩を律した隠喩の詩学の限界にそれはみえてきたもののひとつ、ではあった。その斬新なところに注目して、北川透は名著『詩的レトリック入門』（思潮社、一九九三）のなかでつぎのように述べたことがある。「語りの全体が何ものかの比喩であるような形式性を仮装している。こうした形式性だけの寓話を、寓意のない寓話（詩的アレゴリー）と呼んでもよいし、新しい段階のメタファーと考えてもよい。」

「ラ・メール」の時代の寓話的書法はこうして、ちょうどほかならぬ平田俊子のかつての快作「田園」（「お猿畑に猿がなる」とはじまる）などがそうであったように、既成の現代詩的書法をかき乱すそれなりの異化効果をもっていた。ついで、しだいにそれが蔓延し標準化されてインパクトを失い、ありがちなナンセンスのほうへとパターン化されたり、たんなる気の利いた物語のかけらに堕していった時期、それが「ラ・メール以後」であったといえる。そのことを、たとえば聡明このうえない平田俊子の気づかないだろうはずがない。今回の平田作品の相変わらず舌の巻くような展開のうまさ、落ちの見事さには脱帽するほかないとしても、同時に彼女が、タイトル「詩七日」に「(これが)詩なのか?」という問いを内包させていること、それもまたたしかなのである。

「詩なのか」(詩七日)といいながら
お前のはただの詩ではないか
どこが「詩なのか」なのかと
知らない人が因縁をつけてきた
すみません　たて棒を一本ふやして
「詩なのだ」(詩七田)にしますといいながら
その人の腕をひっこ抜いてやった
脱いだ腕を借りて三行書いた
父によく似た筆跡だった

(「八月七日」部分)

そしてその問いはアイロニー、つまり生産的な否定性の契機としてはたらくならばまだしも、戯曲も小説も書く多才なこの詩人の場合、それが文字通りに詩から遠ざかりつつある信号のような気がしてならないのは、果たして私だけの感想であろうか。

＊

こうしたなかにあって、まるで娼婦のように、皮膚というインターフェースの場にすべてをかけているかにみえる川口晴美（『ガールフレンド』七月堂、一九九五、『lives』ふらんす堂、二〇〇二）や、まるで聖女のように、いまだ世界は神秘な光に満ちているというその明証のままに書くというふうな河津聖恵（『夏の終わり』一九九八、『アリア、この夜の裸体のために』二〇〇二、ともにふらんす堂）の存在は、私にはとても貴重な贈り物のように思える。二人は、気の利いたことは何も書かない。「詩なのか？」と自問する余裕もおそらくないにちがいない。なぜなら、ともに留保なしにみずからを世界に開き、傷口のように開き、その痛みや悦びのままに——アナロジーや寓話による世界の再所有はめざさずに——生の言語化を果たそうとするからだ。この言語化を内在的な襞と言い換えてもよいかもしれない。二人の詩に接していると私はなぜかイタリア・バロックを代表する彫刻家ベルニーニの一連の作品を思い出してしまうが、その「聖女テレサの恍惚」ほかの女性像にみられる着衣の夥しい襞は、まるで彼女たちの肉体内の襞からの連続あるいは反復のようにみえ、あげて内在的な襞が生成されているようにみえるのである。より深く女であるとは、この襞による襞を、この途方もない内在的な襞を、したがってあるいは一種の無限を生きることではないのか。冒頭述べた「女性詩」とのずれを、逆説的にもより深く女になることの端的かつひめやかな実践によって生きようとする、これもまた「ラ・メール以後」のひとつの態度であるとはいえようか。

（…）仮縫い師が目覚めたら、夢の話を最後に縫い込んでもらおうとおもう。朝がくるまえに、わたしは出てゆく。ひとりで。タクシーとゴミ収集車が行き交うトウキョウを、歩いていくわたしは、縫われた皮膚をまたほつれさせるだろう。綻びはすぐに広がって、ばらばらに崩れてゆくだろう。それでもいい。そのまま、歩いて、わたしはわたしの遠くへ行く。ピンの痛みも針の甘さも喉の奥に、瓦礫の奥に沈ませて、苦しい息をわたしはやめない。仮縫い師は遠くから、再び訪れるだろうか。それは同じ男だろうか。ゆっくりと目を閉じるわたしのどこかで、印されたかたちが音楽を奏でている。聞こえない音を、うみだす指先は仮縫い師の、わたしの体温にあたたまっている。

（川口晴美「仮縫う夜」部分）

なるほどここで主体は縮減されている。それはほとんどもう都市を生きるマゾ的な皮膚でしかないが、なおそして散文性を擬態しつつ、どこまでも伸びてゆこうとするのだ。同時にそして、その上を一瞬の折り目や亀裂や閃光が走り、そこから皮膚が皮膚を越えてゆくモメントが生まれもするのである。

駅はカテドラル。（…）怪しいものじゃないんです。祈りにきたんです。わたしにはここがカテドラルなんです。ある日まなざしのような駅名を耳にして、遠い荒れ地から呼ばれて、夜の光の空欄から空欄をわたり、ここへたどりつきました。言葉自身のねがいのようにして。声がききたかったのです。なにをも名指すことのない、ただ闇と光を分かつような声をききたかったのです――。かすかな轟きがきこえる。駅名の外部にある町の方で。そこはきっと真空でつくられていて、ときおり誰かのみている夢が、放電したりしているのだろう。気がつけば十分遅れ、ときこえたしらせは、十年遅れ、と反響を変えはじめている。いずれ百年遅れにもなるだろう。生きるという待ち時間の、百合の匂いが濃くなってきた。肘を腿につけ、頬杖をつき、ホームの底からアナウンスが星屑のように吸われてゆく夜をみあげているわたしは、いつか言葉を失い、言葉へのねがいも忘れて、冷えて硬いこのホームの石に根をつけて、駅名をつげられる一瞬、あの窪みがうっすらとたたえている光を白い花弁におびるだろうか。

（河津聖恵「駅はカテドラル――光と夜のあいだで」部分）

ここでも主体は小さく捉えられている。だが、繰り返すが、そこに読まれるのは、小池的なアナロジーの美や平田的な詩的アレゴリーの妙がともすれば陥りやすい世界の馴致ではない。そうではなく、世界は世界のままで詩的なのである、ただそこにわれわれの内在的な襞――生の言語化――が届くのならば。

ほぼ同じ系にある詩人として、海埜今日子（『季碑』思潮社、二〇〇一）、松尾真由美（『燭花』思潮社、一九九九、『彩管譜――コンチェルティーノ』二〇〇四）らを数えることができるだろう。松尾はすでにH氏賞を与えられて詩壇に認知されているが、海埜の精妙かつユニークきわまりないインターフェースの探求はもっと注目されてよい。彼女たちは、フェミニストでもなければ男に媚びようというのでもなく、また一見そうみえるがごとくにはエクリチュール派ですらない。ただ、女であるみずからのなかにさらに女を掘り、あるいは内在の襞を広げ、より深く女であろうとするのである。

エクリチュールをいうなら、断然関口涼子（『(com)position』一九九六、『二つの市場、ふたたび』二〇〇一、ともに書肆山田）であろう。テクスト創出の力にかけては図抜けた存在であり、「ラ・メール以後」の最大の才能は、もしかしたらこの人かもしれないと思うこともある。それだけに、その力が女であることの底の抜けた生の現実に触れえぬまま、またテクストへと回付されてしまうのをみるのは、やはりなんとしても残念である。近年関心を深めているらしい中東や西アジア世界へのまなざしが、この知性あふれる詩人に必ずやなにか別のざらざらをもたらすことを期待したい。

*

こうして私は、結晶へ襞へ、というふうに「ラ・メール以後」を語ってきたようだ。とりわけ襞の意味深さは、それが完全には開放系でも閉域でもないということだろう。「ラ・メール」の時代は開放系であった。でなければそれまでの閉域に対抗できなかったから。では、閉域と開放系のつぎには何が来るか。前出『[女性詩]事情』において新井豊美が、「生成する空白」というタームで九〇年代前半の新しい女性詩人たち（金子千佳、小原眞紀子など）の登場を語ったことがある。だが、彼女たちはその後これといった展開をみせていない。これはなにも新井の責任というのではなく、むしろ彼女たちの詩の在処を「空白」にみるその観察自体は正しかったのだが、ただ、「ラ・メール」/「ラ・メール以後」を担うのに「生成する空白」ではあまりにも弱く、せいぜいが「ラ・メール」/「ラ・メール以後」のスラッシュ程度の役割しかもちえなかったということなのである。ゆえに結論、「ラ・メール以後」は結晶の輝きと襞の強さをもつ。

＊

最後に、「ラ・メール」/「ラ・メール以後」という文脈では語りきれない「大家たち」の動向にも触れておこう。まずなんといっても白石かずこだ。この十年のあいだにも『現れるものたちをして』（書肆山田、一九九六）『浮遊する母、都市』（書肆山田、二〇〇三）という大作をものし、衰えることを知らない詩的エネルギーを放ちつづけているそのさまは、まったくもって日本人離れ、いや人間離れしている。財部鳥子（『烏有の人』一九九八、『モノクロ・クロノス』二〇〇二、ともに思潮社）と新井豊美（『切断と接続』二〇〇一、思潮社）は、ある固有の経験が長い間にどのような成熟した詩の空間に生まれ変わるかを、知と感性との絶妙なブレンドのうちに示して、これも見事というほかない。ニュアンスはちがうが、高橋順子（『時の雨』青土社、一九九六）の私小説ならぬ私詩めいた家庭の暴露も、川田絢音（『雲南』思潮社、二〇〇三）の相変わらず眩暈的な旅も、詩と経験との、知と感性との、なにか空恐ろしい秤のしずまりのうえに成り立っているような気がする。これに対して、永遠の童女ともいうべき支倉隆子（『すずふる』一九九七、『身空

x』二〇〇二、ともに思潮社）は、その自在な舌で、日本語そのものの質感や触感を味わって飽くことがない。

V　エピローグ

命名のファンタスム
詩と固有名詞をめぐって

はじめに

詩における地名や人名、あるいはひろく一般に固有名詞について論じること、これが私に与えられたテーマですけれど、結論めいたことをあらかじめ言ってしまえば、詩と固有名詞とはどこか似たところがある、というか、固有名詞とはほとんど詩そのものである、そういう話になるかと思います。

言い換えれば、固有名詞について考えるというのは、ほとんど、詩とは何かを考えることであり、詩を定義する試み――古来うんざりするほどの実例がある試みではありますが――へのもっとも有効かつ意外な近道のひとつである、そういう話になるかと思います。

しかしまあ、詩とは何かなんて、私の場合ふだんはあまり考えません。それより、なんで自分は詩なんか書いているんだろう、詩なんか書いて何になるんだろう、そういう問いのほうが切実ですね。詩を書き始めてもう長い年月が経ちます。最近はさらにそれに拍車がかかって、狂い咲きとか量産しすぎるとか言われることもあるくらい書きまくっています。でもまあ書けなくなってしまうよりはましかと、半ば開き直っているような次第ですけど、それにつけても、自分にとって詩作の根本動機とはいったい何なのだろうと考えてみることがあるんですね。もちろん答えは出ません。答えが出てしまったら、そこでもう詩を書く必要はなくなってしまうでしょうから。

蠱惑と禁忌

それでも、思いあたるふしがないわけでもありません。何年か前、「命名論」というタイトルの詩を書きました。荒涼とした大地を縫ってつづく「名無しの街道」を、「私」と「私の影」に探訪させながら、あらためて名前のあるなしの不思議を浮かび上がらせようという詩ですが、そういえば子供の頃から、名づけるという行為が好きだったと思い出されるのです。競馬をみては勝手に命名した馬たちから成るレースを夢想したり、相撲をみては勝手に命名した力士たちの取組表を作り上げたりしました。

なかんずく、私は小さい頃から地図をみたり、あるいは自分みずから架空の土地の地図を描いたりするのが好きでして、そのとき地名への蠱惑も関係していたんですね。不思議な町の名前だなあとか、この村落の名はどう読むんだろうとか、地図に書き込まれた地名のひとつひとつが謎にみえていました。また、自分で空想の地図を描く場合は、ここはこういう地名にしてやろうとか、こういう地名のほうが美しいぞとか、あれこれ考えながら土地に名を与えてゆくということが、何ともいえぬ隠れた楽しみになっていました。というのは、何かうしろめたい気分もあって、名づけるというのは土地や人間をそれぞれ唯一無二のものとする神聖な行為であって、みだりにまた遊び半分にそういうことをしてはならないというような、ある種の禁忌をも感じていたからなのでしょう。このことに関連してふと想起されるのは、かつてレヴィ=ストロースが報告した南米ナンビクワラ族の、個人をその固有の名で呼ぶことが禁じられていたという不思議な風習です。

> ナンビクワラ族は少しも気むずかしいところはなかったが——私という民俗学者の存在も、私のノートや写真機も、一向に気に掛けなかった——、言葉の問題があるので、私の作業は面倒だった。まず、個人をその固有の名で呼ぶことは、彼らの社会では禁じられていた。或る個人を指し示すには、電信線で働く人々の慣用に従わなければならない。つまり、彼らの呼び名としてインディオとのあいだで取り決めてある、借りものの名を使わなければならない。ジュリオ、ジョゼ・マリア、ルイーザなどというポルトガル名もあれば、レブレ（兎）、アスカル（砂糖）などという綽名もあった。[*1]

いかがでしょう。なんとも不可解な、しかしなんとなく了解へと誘われもするような禁忌だとは思いませんか。私の詩作の根本動機の追究に戻って、意識的に詩を書くようになったのはそれからずっとあと、大学生になってからのことですが、命名遊びと詩作と、時間差のあるこのふたつの行為のあいだにはしかし、何かしら強い連続性があるようにも思われるのです。

固有名詞の方へ

いうまでもなく、命名は固有名詞と深い関係があります。早い話が、生まれてきた自分の子供に名前をつけるというのが、すでにして立派な命名行為です。あるものを名づけるというのは、それに固有名詞を与えることであって、たとえばある女性をみて「あ、女」と指さしても、それはその女性を名づけたことにはなりません。差異の網の目から成る言語システムを呼び起こしただけです。「女」という言葉は、それを取り巻く「男」や「こども」や「人間」といった言葉との相互関係のなかでのみ価値をもつ否定的な関係体であり、それ自体で自律的に存在することのできないシステム内の一辞項にすぎない——というのはソシュール言語学以来の常識でしょう。

ところが、固有名詞はどうでしょう。それも相変わらず言葉ですから、いま述べた言語システム内にあることはまぎれもありませんが、しかし同時に、それ自体で自律的に存在しているようにも感じられないでしょうか。そうしてそのようなものとして、言語システムの外部にみずからを反転させうる力があるというようにも。なぜなら固有名詞は、意味の媒介というものをあまり——というかほとんど——経由することなしに直接指示対象に結びつくからです。シニフィエとシニフィアンでいうなら、シニフィエなきシニフィアンであり、そのために、あたかも記号ではなく事物にちかく、否定的な関係体という言葉の限界を逃れているような印象を与えるのです。ナンビクワラ族における禁忌も、固有名詞のそういう力がはたらいていたからこそのリアクションであるのでしょう。

プルーストの熱狂、ランボーの静謐

すこし先を急ぎすぎました。この講演では、いろんな実例を紹介しながら、詩と固有名詞との関係をゆっくり愉しんでいただこうというねらいもあることを、遅ればせながらつけ加えておきましょう。

さてそこで、私にかぎらず詩人というのは、いま述べたような事情から、固有名詞、とりわけ地名に深い関心を寄せています。思いつくかぎりで挙げますと、たとえばプルースト、もちろん詩人ではなく大作家ですけど、その『失われた時を求めて』第一巻『スワン家のほうへ』のなかの「土地の名」というくだりは、架空の土地バルベックにいたる地名をまるで欲望の対象のようにつぎつぎと熱狂的に喚起して、この長大な小説中もっとも詩的なページのひとつになっています。

たとえばバイユー（Bayeux）の町は、赤味を帯びたその上品なレースに包まれて、あくまでも高く、頂きは最後の音綴の古びた黄金に照らしだされていた。ヴィトレ（Vitré）の町は、そのアクサン・テギュ（綴り字記号のひとつ）が、古いガラス戸に菱形の黒い木の区切りをつけている。おだやかなランバル（Lamballe）の町は、その白味（blanc）のなかで、卵の殻のような黄色から、真珠のような淡灰色へと移りつつある。

（鈴木道彦訳）

とこんな感じでまだまだ続きますが、地名がまとうのは大部分フランス語の綴りや音韻に絡んだ連想の束なので、引用はこのあたりでやめておきましょう。ともあれ、固有名詞はここで、意味の不在を逆手にとって、むしろあらたな意味生成の核になりかけているということができます。

いや、人名だって負けてはいないかもしれません。フランス文学の例がつづきますが、「こぞの雪いまいずこ」のリフレインで有名なフランソワ・ヴィヨンの「いにしえの美女たちのバラード」は、全篇これ「いにしえの美女たち」の名前からのみ成り立っているといっても差し支えありませんし、そうやって美女の名前を列挙してゆくだけで、胸を締めつけられるような詩的感興が呼び覚まされるのです。また、アルチュール・ランボーがその詩人としての活動の最後の最後に書きつけたと思われる詩篇「献身」にも、謎めいた女性の名前がいくつも登場します。冒頭の二節だけ引用すると、

わがシスター、ルイーズ・ヴァナン・ド・ヴォランゲンに、——その青い帽子は「北」の海に向けられて。——難破した人々のために。

わがシスター、レオニー・オーボワ・ダシュビーに。バウー——唸りをあげて悪臭を放つ夏の草。——母と子の熱病のために。

（鈴村和成訳）

私はかつて、ランボーを論じた本のなかでこの詩を取り上げ、「かつて一篇の詩のなかで、固有名詞がこんなにも決定的な役割を果たしたという例を、私はほかに知らない」と書きつけたこ

とがあります。詳しい分析はその本に譲りますが、[*2] これらのシスターたちの名前は、静謐な祈りのことばの空間のなかで、蜘蛛のようにテクストの糸を吐き出す意味生成の核ないしは母胎になっているのです。

大岡信「地名論」を読む

地名に戻り日本現代詩に視点を移せば、たとえば吉増剛造。しかしこの詩人に関しては、林浩平さんがすでに取り上げていることと思いますので、ごく簡単に済ませましょう。私個人にとっては、初期の代表作のひとつ「黄金詩篇」に書き記された「下北沢不吉」という呪文めいた一行がなんといっても印象深く、余談ですけど、後年吉増さんは、予言の現実化を地でいくように、じっさいにこの町で足を骨折するという不運に見舞われます。

ああ
下北沢裂くべし、下北沢不吉、下、北、沢、不吉な文字の一行だ

ここではもうひとり、やはり地名に魅せられた代表的詩人といえる大岡信の、そのものずばり「地名論」という詩、アンソロジーなどに載ることも多い有名な詩ですが、それを手がかりに話をすすめていこうかと思っています。

水道管はうたえよ
御茶の水は流れて
鵠沼に溜り
荻窪に落ち
奥入瀬で輝け
サッポロ
バルパライソ
トンブクトゥーは
耳の中で
雨垂れのように延びつづけよ
奇体にも懐かしい名前をもった
すべての土地の精霊よ
時間の列柱となって
おれを包んでくれ
おお　見知らぬ土地を限りなく
数えあげることは
どうして人をこのように
音楽の房でいっぱいにするのか

燃えあがるカーテンの上で
煙が風に
形をあたえるように
名前は土地に
波動をあたえる
土地の名前はたぶん
光でできている
外国なまりがベニスといえば
しらみの混ったベッドの下で
暗い水が囁くだけだが
おお　ヴェネーツィア
故郷を離れた赤毛の娘が
叫べば　みよ
広場の石に光が溢れ
風は鳩を受胎する
おお
それみよ
瀬田の唐橋

雪駄のからかさ
東京は
いつも
曇り

いかがでしょう。「水道管はうたえよ」とまず水が呼び出されて、同時にそれは地名の喚起にもなっています。というのは、つぎに「御茶の水」とあるので、これはJR中央線の「御茶の水」駅のことでもあるでしょうから、「水道管」にはその「御茶の水」駅の隣の「水道橋」という駅名が隠れているわけですね。地口というか、駄洒落みたいなものですけど。以下、「鵠沼」「荻窪」「奥入瀬」と、水に関係する地名を詩人はつぎつぎに想起していって、いかにも楽しそうです。水と土地と土地の名の三位一体。「トンブクトゥー」なんて、じっさいはサハラ砂漠のなかにある町ですけど、いわれてみればたしかに「耳の中で／雨垂れのように延びつづけ」ていそうで、まさに「音楽の房」ですね。そうして土地とその名をめぐる決定的な数行、「名前は土地に／波動をあたえる／土地の名前はたぶん／光でできている」にいたります。

つまり、地名は言葉であって同時に言葉以上のものであると、そう詩人はいいたいのですね。なにしろ土地に波動を与えてしまうのですから。むかし言霊信仰というのがありましたけど、それに近いかもしれません。そして「光でできている」、つまりみずからも波動であり粒子であると。いやはや、たかが地名なのに、すごいことになったものです。

「言語のなかの外部性」

このあたりをもうすこし言語論的に敷衍しますと、たとえば柄谷行人は、その主著『探求』のなかで、つぎのように述べています。柄谷氏は「固有名詞」とは言わずに「固有名」と呼んでいるのですが、細かいニュアンスの違いについてはここで立ち入りません。

(…) 固有名は、言語の一部であり、言語の内部にある。しかし、それは言語にとって外部的である。あとでのべるように、固有名は外国語のみならず自国語においても翻訳されない。つまり、それは一つの差異体系(ラング)のなかに吸収されないのである。その意味で、固有名は言語のなかでの外部性としてある。[*3]

「言語のなかでの外部性」という矛盾した言い方のなかに、固有名詞の特徴がまさにひとことで言いあらわされています。われわれはふだん言葉をモノの名前と考えるふしがあって、名づけるということをなにか言葉にかかわる始源的な身振りのように考えたりしていますが、言語記号というのは、さきほどすでに述べたように、示差の体系のうちにあって、記号相互の関係でもってその価値が決まります。つまり名づけるという行為、モノに名前をつけるという行為はファンタスムにすぎないわけです。ところが固有名詞にかぎって、それも言語記号なのに、同時に言及対象を直接的に指示するわけですから、そのようなファンタスムを許すようなところがある。それが「言語のなかでの外部性」ということで、固有名詞はいわば言語の穴であり、そのようなものとしてラングにとって危険でさえあるということになります。

力としての固有名詞

けれども、逆に固有名詞の側に立ってこれを言い換えるなら、固有名詞は言語のシステムから比較的自由であるということになり、たとえば地名は、しかじかの土地とぴったりくっついて、つまり柄谷氏のいう翻訳不可能ということですが、同時にそれだからこそ、同じ形姿のままラングからラングへと旅をすることもできるのです。トンブクトゥーがトンブクトゥーのまま、はるかに遠い極東の島国の詩に息づいているように。

さらにはまた、「ヴェネーツィア」の場合がそうであるように、固有名詞は、それを発する主体のさまざまな情念や想像とくっついてそのファンタスムを受け入れ、同時に、みずから核となってファンタスムを増殖させさえするのです。まさに「風は鳩を受胎する」、ですね。

さらにさらに、固有名詞とは、あのジル・ドゥルーズ——唐突ながらここで私の好きな哲学者を援用することをお許しいただきたいのですが——もそのノマド的思考の展開の中で示唆していたように[*4]、固定した記号システムを内部から食い破り、流動的な力の戯れる外部へとわれわれを開いてくれる身体的存在であるのかもしれません。

甦る命名のファンタスム。名づけるとは、言葉をして言葉以上の力で事物にはたらきかけさせることだ、というような。言語システムがなければたしかにわれわれはいわばむきだしの事物の世界と向き合うことになり、それはそれで耐えられないでしょうが、逆に言語システムだけでは事物との生き生きとした交流や融合は果たせないのではないかという不充足も生じます。このときもしも事物に固有名詞を与えるならば、事物は生気を帯びてまるで生命体のように輝き出すかもしれません。くどいようですが、それこそ「風は鳩を受胎する」かもしれません。一種のアニミズムでしょうか。けれども私は、われわれの脳の古い部分には、そのようにして世界を名づけたかもしれぬ太古の先祖の記憶が眠っていて、それが命名のファンタスムとなって甦ることもあるのだと思いたいのです。「女」という言葉も最初は固有名詞だったのではないかということです。そうして詩人の行為とは、つまりは「女」という言葉をそのありうべからざる固有名詞の状態にまで戻すことではないか。

私の実践例

こうして、冒頭で予告しておいたように、私のかりそめの結論はこうです、固有名詞とはポエジーの母胎であり、あるいはほとんどポエジーそのものである。

もちろん詩といえども、ほかの言説と同じように、大部分は普通の言葉、システム内の一辞項にすぎない言葉で書かれる。私が言いたいのは、そのようにして示されるテクストの全体が、詩の場合はいわばひとつの固有名詞なのではないかということなのです。意味の不在、事物との近接、翻訳不可能性、そして意味の不在ゆえに可能となる別様な意味生成の核——固有名詞をめぐるそうした特徴は、そのまま詩にもあてはまるのではないかということなのです。

最後に、私の貧しい実践例をお目に掛け、それを朗読して話を終えようと思います。私の第一詩集のタイトルは『川萎え』(一風堂、一九八七)といいまして、それは川越という地名のパロディーでもあるのですが、その詩集に、私の生家のそばを流れていた「不老川」という地名がでてきます。そこから私は、「川のように不老な」という直喩表現をつくって作品中に使っています。ちょっとした意味生成の核ですね。もうすこし規模の大きいのを、『川萎え』のつぎに出した『わがリゾート』(書肆山田、一九八九)という詩集で試みました。それは「毛呂山リゾームリゾート」という作品です。「毛呂山(もろやま)」というのは、やはり埼玉県西部に実在する地名でして、「入間郡毛呂山町」という町の名前です。さきほどの「不老川」にくらべると、私にとってはやや外部のよそよそしい地名、恐ろしげな地名ということになります。といいますのは、以前そこに精神病院があったからで、フーコー風にいえば「監獄の誕生」のトポスだったわけですが、何を隠そう、私自身も若い頃そこに入院したことがあります。字面もひびきも「不老」とは対照的に奇妙で、曖昧で、謎のような趣があります。たぶん「もろ」という言葉がさきにあって、それに万葉仮名のように漢字をあてたのでしょうが、なんでしょう、この「もろ」というのは。それから「毛」という字からのイメージもありますよね。それこそそういう「もろもろ」が織りなされてこのテクストをかたちづくっていったという感じで、意味生成の核としては「不老川」より生産的なような気がします。その一端を披露しますと、

遅い遅い到着。(に続く)詩ら、蹴って、詩ら、舞って。(に続く)どうかすると人称が

ほつれてしまいそうな、呼ぶと呼ばれたので呼び返すファサード。（に続く）手ら、白、毛ら、白。（に続く）人称ならぬ肉のほつれが低みに集まってきて、ただ猶予のように揺らぐばかりな回廊。（に続く）縞、らしい、増す、らしい。（に続く）毛呂山ハイランドリゾートの看板を右へ、やがて昆虫のような静寂のうなりのなかを。

原テクストではそうしていませんが、拡大文字にした部分に、固有名詞「毛呂山」のなんらかの音韻的あるいは文字的な反映のさまがみてとれます。また、第三詩集『反復彷徨』（思潮社、一九九二）では、今度は人名ですが、渋谷の街角に実在する「国木田独歩住居跡」を出発点に、さまざまな詩の彷徨をそのまわりに張り巡らしました。そのほかにも私は、ペギラとかアンギラスとか、ウルトラマン世代にはなつかしい怪獣の名前を列挙した詩も書いています。ゴジラに端を発する怪獣の名前にはほとんど例外なく濁音とラ行音、つまり日本語にとってややノイズのような音韻が含まれていて、したがってそれらは、日本社会にまつろわぬ怪獣の存在そのままに、日本語という言語システムの外部を指し示しているかのようです。

命名のファンタスム、ふたたび

しかしここでは、縷々述べてきた命名のファンタスムそのものをテーマにした「(雨)」という短い詩を最近書きましたので、それを読んで今度こそほんとうの終わりにしたいと思います。

名づけるとは
むかし雨という
柔らかな女神の行列がそうしたように
寺院や魚や
大地や草を
はこべやははこぐさを
うっすらと濡らすこと
乾いてきたら
また名づけ直さなければならない
われわれというありかたが
雨なのだ
投げ網のように柔らかく降りかかる
雨

詩に詳しい人ならピンときたでしょう。この私の拙い詩は、西脇順三郎の名詩「雨」を本歌取りのようにふまえています。雨のまえのかわききった風景は言語システムに蔽われたわれわれのこの普通の世界のことなのかもしれず、名づけという名の雨はその世界をみずみずしい初源の状態の再来へと「うっすらと」更新するのです。

＊1　レヴィ＝ストロース『悲しき熱帯 II』川田順造訳、中公クラシックス、中央公論新社、二〇〇一、一六三―一六四頁。

＊2　拙著『ランボー・横断する詩学』（未来社、一九九三）を参照していただけるとありがたいです。

＊3　柄谷行人『探求 II』講談社、一九八九、三九頁。

＊4　ジル・ドゥルーズ「ノマド的思考」（立川健二訳、「現代思想」一九八四年九月臨時増刊）を参照のこと。ドゥルーズをこのような思考へと誘っているのはニーチェにおける固有名詞ですが、そのあたりをもう少し詳しく紹介しておきましょう。「集団の名であろうと個人の名であろうと、ソクラテス以前の哲人、ローマ人、ユダヤ人、キリスト、アンチキリスト、ジュリアス・シーザー、ボルジア、ツァラトゥストラといった、ニーチェのテクスト群に流通し回帰してくるこうした固有名詞たちは、シニフィアンでもシニフィエでもなく、なんらかの身体に対する強度の指示作用なのです。その身体は、〈大地〉の身体、書物の身体でもあれば、またニーチェの病める身体でもあります。つまり、歴史上のすべての名、それは私なのだ。……そこにあるのは強度たちのある種のノマディズム、絶え間ない移動ですが、こうした強度たちは固有名詞によって指示され、お互いの内に浸透し合い、それと同時に充実した身体の上で生きられるのです。強度が生きられるのは、身体へと動的に刻印されることによって、そして固有名詞のもつ流動的な外部性とのつながりにおいてしかあり得ません。そして、まさにそれゆえにこそ、固有名詞はつねに仮面、操作者の仮面なのです。」（一七〇―一七一頁）

あとがき

　本書は、私にとって三冊目の詩論集である。前二冊（『散文センター』一九九六、『21世紀ポエジー計画』二〇〇一、いずれも思潮社）がおおむね同時代詩を対象にした時評集的な色合いを帯びていたのに対して、本書ではむしろ主として、個別テーマ的もしくは個別詩人論的に詩のさまざまな問題を追究しようとした諸論考が収められている。渉猟の範囲はいきおい広がり、萩原朔太郎をはじめとする近代詩にまで及ぶことになった。共時に通時がクロスしたのである。

　なお、本書のタイトルは、II章およびIII章をつらぬく「詩のガイアをもとめて」から採った。そじつはそのまえに、IV章の「荒野のアクション」を全体のタイトルにしようとも考えていた。それは直接には、詩の荒野ともいうべき二十一世紀を生きる新しい詩人たちの様態を言い表すために考えられた言葉だが、同時にそのまま、あるべき私の批評の姿を言い当てているようにも思われたからである。

　ただ、批評といっても、私の場合は詩作という実践と切り離せない。なぜ自分は詩など書いているのだろう、自分の詩作の根本動機は何なのだろうという思いは、批評の対象と格闘しているときもたえずつきまとった。それゆえ、もしかしたら私は、古今の（というとすこし大げさだが）すぐれた詩人たちの作品を渡り歩きながら、そういう思いへのたしかな参照点を求めていただけのことなのかもしれない。

　そのうえで、本書全体をつらぬく詩学というものがもしあるとすれば、エピローグの「命名のファンタスム」において、さらには最初の詩論集『散文センター』の「あとがき」でも語ったことだが、それはつぎのように要約されうるであろう。詩とはひっきょう、固有名詞のようなものである。詩も固有名詞も、言語システムの内部では意味をもたないにもひとしいが、だからこそその空虚めざして主体のファンタスムが押し寄せ、あるいはみずから核となって主体のファンタスムを増殖させる。意味の不在は、同時にゆたかな意味生成の証である。本書において私が、ほかならぬ「詩のガイア」あるいは「詩的ガイネーシス」というような耳慣れない概念装置で語ろうとしたのも、そうした生成としての詩のありようにほかならなかった。そしてそれは、テーマ的にも、文字通りの意味での詩の大地性、詩の女性性ともつながってゆく。最終的に本書のタイトルを「詩のガイアをもとめて」にしたゆえんである。

謝辞を以下の人々に送りたい。初出の機会を与えていただいた各方面の方々に。とりわけ、編集長高木真史氏をはじめ「現代詩手帖」編集部の諸氏に。出版にあたっては、例によって快く刊行を引き受けてくださった思潮社代表小田久郎氏に。そして、本書の構成から内容の吟味にいたるまで、熱のこもった共同の作業にいそしまれた同編集部藤井一乃氏に。

二〇〇九年五月、青あらしの日に

野村喜和夫

初出一覧

I　プロローグ

バベルの詩学
アウリオン叢書『国境なき文学』白百合女子大学言語・文化センター編、芸林書房、二〇〇四（「詩人にとって母国語とは」改題）

II　詩のガイアをもとめて〈近代詩篇〉

朔太郎と賢治と口語自由詩と
「宮沢賢治 annual」vol.17、宮沢賢治学会イーハトーブセンター、二〇〇七（「「死せる女」の詩学——朔太郎と賢治と口語自由詩と」改題）

西脇順三郎、詩のトランスモダン
「西脇を語る会」での講演（一九九七）をもとに、書き下ろし

心平と亀之助の場所
「現代詩手帖」一九九九年十一月号（「雨になる朝に母岩は輝く——心平と亀之助の場所」改題）

III　詩のガイアをもとめて〈現代詩篇〉

吉岡実、その生涯と作品
『展望　現代の詩歌2　詩II』明治書院、二〇〇七

吉本隆明『固有時との対話』を読む
「現代詩手帖」二〇〇三年九月号（「LISIERE から BLANK へ——旅のさなかに『固有時との対話』を読む」改題）

「丘のうなじ」の詩学あるいは大岡信
「現代詩手帖」二〇〇三年二月号（「「丘のうなじ」の詩学あるいは大岡宇宙――『春 少女に』をめぐって」改題）

入沢康夫の詩の核心
現代詩文庫『続・入沢康夫詩集』思潮社、二〇〇五（「言葉と生――入沢康夫の詩の核心をめぐって」改題）

安藤元雄における翻訳と詩作の関係
「明治大学教養論集」No.398、二〇〇五（「井戸のパフォーマンス――安藤元雄における翻訳と詩作の関係をめぐって」改題）

IV 荒野のアクション

二〇〇一年荒野の旅
「國文學」二〇〇二年一月号（「二〇〇一年荒野の旅――詩の現場からの報告」改題）

荒野のアクション
「現代詩手帖」二〇〇一年十二月号

荒野の卵
「現代詩手帖」二〇〇六年六月号

結晶へ襞へ
「現代詩手帖」二〇〇四年十一月号

V エピローグ

命名のファンタスム
白百合女子大大学院での特別講義（二〇〇三）をもとに、書き下ろし

詩《し》のガイアをもとめて

著者
野村喜和夫《のむらきわお》

発行者
小田久郎

発行所
株式会社思潮社
〒一六二―〇八四二　東京都新宿区市谷砂土原町三―十五
電話〇三―三二六七―八一五三（営業）・八一四一（編集）
ＦＡＸ〇三―三二六七―八一四二

印刷
創栄図書印刷株式会社

製本
誠製本株式会社

発行日
二〇〇九年十月二十五日